心仪已久的经典，永不落架的好书！

作者简介

艾玛·奇切斯特·克拉克，英国顶级图画书作家之一，其作品充满童心、简洁大气，两度荣获"鹅妈妈奖"。其创作的"蓝袋鼠系列"于1992年获得凯特·格林纳威奖提名。她生于英国伦敦，毕业于切尔西艺术学院，后又进入英国皇家学院学习，师从于英国第一位儿童桂冠诗人、著名插画大师昆廷·布莱克。她深谙教育之道，作品中体现出润物细无声的教育理念。《拯救小熊的波莉》是其第一部儿童小说作品。

译者简介

冯萍，波兰华沙大学国际关系学博士，山西省作协会员，现任教于山西传媒学院。已有两部英文小说在澳大利亚出版、三部英文小说在波兰出版。

拯救小熊的波莉

［英］艾玛·奇切斯特·克拉克 / 著绘

冯萍 / 译

CNS | 湖南少年儿童出版社
HUNAN JUVENILE & CHILDREN'S PUBLISHING HOUSE

湖南·长沙

生命需要力量、美丽与灯火

今日世界已进入网络时代，网络时代的新媒体文化——互联网、电子邮件、电视、电影、博客、播客、视频、网络游戏、数码照片等，虽然为人们获取知识提供了更多的选择和方便，但阅读却依然显得重要。时光雕刻经典，阅读塑造人生。阅读虽不能改变人生的长度，但可以拓宽人生的宽度，尤其是经典文学的阅读。

人们需要文学，如同在生存中需要新鲜的空气和清澈的甘泉。我们相信文学的力量与美丽，如同我们相信头顶的星空与心中的道德。德国当代哲学家海德格尔这样描述文学的美丽：文学是这样一种景观，它在大地与天空之间创造了崭新的诗意的世界，创造了诗意生存的生命。中国文学家鲁迅对文学的理解更为透彻，他用了一个形象的比喻：文学是国民精神前进的灯火。是的，文学正是给我们生命以力量和美丽的瑰宝，是永远照耀我们精神领空的灯火。我们为什么需要文学？根本原因就在于我们需要力量、美丽与灯火，在于人类的本真生存方式总是要寻求诗意的栖居。

《全球儿童文学典藏书系》（以下简称《典藏书系》）正是守望我们精神生命诗意栖居的绿洲与灯火。《典藏书系》邀请了国际儿童文学界顶级专家学者，以及国际儿童读物联盟（IBBY）等组织的负责人，共同来选择、推荐、鉴别世界各地的一流儿童文学精品；同时又由国内资深翻译们，共同来翻译、鉴赏、导读世界各地的一流儿童文学力作。

我们试图以有别于其他外国儿童文学译介丛书的新格局、新品质、新体例，为广大少年儿童和读者朋友提供一个走进世界儿童文学经典的全新视野。

根据新世纪全球儿童文学的发展走向与阅读趋势，《典藏书系》首先关注那些获得过国际性儿童文学大奖的作品，这包括国际安徒生奖、纽伯瑞奖、卡耐基奖等。国际大奖是一个重要的评价尺度，是界定作品质量的一种跨文化国际认同。同时，《典藏书系》也将目光对准时代性、先锋性、可读性很强的"现代经典"。当然，《典藏书系》也将收入那些历久弥新的传统经典。我们希望，通过国际大奖、现代经典、传统经典的有机整合，真正呈现出一个具有经典性、丰富性、包容性、时代性的全球儿童文学大格局、大视野，在充分享受包括小说、童话、诗歌、散文、幻想文学等不同体裁，博爱、成长、自然、幻想等不同艺术母题，古典主义、浪漫主义、自然主义、现实主义、现代主义和后现代主义等不同流派，英语、法语、德语、俄语、日语等不同语种译本的深度阅读体验中，寻找到契合本心的诗意栖居，实现与世界儿童文学大师们跨越时空的心灵际会，鼓舞精神生命昂立向上。在这个意义上，提供经典、解析经典、建立自己的经典体系是我们最大的愿景。

童心总是相通的，儿童文学是真正意义上的世界性文学。儿童文学的终极目标在于为人类打下良好的人性基础。文学的力量与美丽是滋润亿万少年儿童精神生命的甘露，是导引人性向善、生命向上的灯火。愿这套集中了全球儿童文学大师们的智慧和心血，集中了把最美的东西奉献给下一代的人类美好愿景的书系，能带给亿万少年儿童读者阅读的乐趣、情趣与理趣，愿你们的青春和生命更加美丽，更有力量。

《全球儿童文学典藏书系》顾问委员会

　　本书引进自英国著名出版公司Walker Books，是英国顶尖图画书作家、"蓝袋鼠系列"的创作者艾玛·奇切斯特·克拉克的儿童小说处女作，其本人绘制的经典风味的插图为本书增色不少。克拉克师从于英国第一位儿童桂冠诗人、著名插画大师昆廷·布莱克，她的作品充满童心、简洁大气，深谙教育之道，曾获得鹅妈妈奖和凯特·格林纳威金奖提名。

　　这是一部引人入胜的少儿章节小说，故事发生在一个被围墙环绕的小镇阿布维尔，讲述了一个善良的女孩和一只迷路的小熊的故事。主人公小女孩波莉·帕可尼诺经常拯救小动物，她懂得它们的语言，能和它们交谈。她把所有的空余时间都花在了帮助"欢乐时光动物园"的经营。可是狡猾贪婪的园长斯内尔夫妇会不择手段地赚钱，他们偷了一只叫布布的小熊，确信它会为门票销售创造奇迹，但生活在野熊林中的熊家族想要夺回它们的小熊。波莉会勇敢地面对这一切，走进可怕的野熊林，把小熊布布带回属于它的地方吗？波莉极其体贴、温柔的性格在书页中熠熠生辉。她独特的能力使她能够感同身受，从动物的角度思考问题。她的勇敢贯穿于故事的各个阶段，她将成为读者喜欢的角色！反派的塑造也很出色，斯内尔夫人尤其讨人厌。

篇幅可控的章节，通篇精彩的插图，以及故事传递的善良勇敢、尊重动物和做正确的事情等等信息，使得本书很适合8-11岁的少儿阅读，会是一次轻松愉快、很有启发的阅读体验。

第1章

有的人路过一个小水坑，看到一只即将淹死的苍蝇，或是路过一个游泳池，看到掉入水中的一只甲虫拼命地挣扎，却无动于衷，然而也有人不是这样的。那些注意到这些生灵并关心它们的人就是拯救者。如果你曾注意到一只苍蝇或甲虫，还有其他挣扎生存的生物，并营救它们的话，那么你也是一位拯救者。

波莉·帕可尼诺经常做这样的事，她就是一位拯救者。打她摇摇晃晃地学会走路时起，就已经踏入齐膝深的水洼中拯救小生命去了。她救过

的第一个生命是一只长脚蜘蛛，当时，是从妈妈做的香蕉果汁刨冰中捞了出来。

如果单单从外表上观察波莉，你觉得她和其他人没什么不一样。她看起来就是一位普通的女学生，长着一头棕色的头发，拥有一双棕色的眼睛。她有其他女生共同的爱好，也不喜欢做很多平常的事情——尤其是家庭作业。但是波莉身上有一点非常特殊。除了解救动物生命之外，她还可以和动物们交谈——包括鸟类、昆虫，甚至是一些两栖动物，特别是青蛙。这就好像波莉从没有学过就可以熟练地掌握另一种语言。（她的法语不是很好，不过由于她可以和动物们说话，她感觉好了很多。）

波莉无法解释自己如何与动物们交谈，不过她也不打算和其他人解释这些，因为大多数人根本就不会相信她，有人甚至会认为她在显摆。几乎没有人知道她拥有这样的天赋——除了她的父母和舅舅斯坦，然而她一直都在用这样的天赋和动物们交谈。有时候，她和父母一起吃早餐时，会突然听到某个生物由于疼痛而发出的一声微弱的叫声或者刺耳的尖叫声，就会毫无征兆地跳起来，冲向花园，过后再回来。这个时候，她已经救下了一个生命。这个生命可能是不小心离巢的雏鸟，也可能是陷在花盆中幼小的鼩鼱。如果这个生命受伤的话，波莉会竭尽所能地照看他，直到他完全康复。

这就是波莉如何第一次遇到乌鸦克拉的情

形。一天早晨，波莉正在做一个关于环尾狐猴的梦，突然被一声撕心裂肺的叫声惊醒。她慌忙套上衣服，一个箭步冲入瓢泼大雨当中。她在公园里跑了大概有半英里，发现了一只小乌鸦——她后来给这只乌鸦起名叫克拉。这只乌鸦从一棵古老的栗树上摔了下来，掉在了一个泥潭中，挣扎着站起来。他一边呼扇着他那双强健的翅膀，努力想爬起来，却再一次摔倒了，又试了一次，还是摔倒了。他已经感到惊慌失措，根本无法自己从泥潭里爬出来。

波莉在四周寻找克拉的父母，或者是他的巢穴，却什么都没有找到。她猜想克拉一定离家很远了，于是便敏捷地把他抱起来，用自己的开襟毛衣把他裹住，将他带回家了。克拉并没有挣扎，也没有拒绝波莉的帮助。波莉把克拉带回家后，仔细地检查了一下他全身，发现他的腿受伤了，显然受到了惊吓。她把克拉受伤的腿固定在夹板上，并用绷带绑住，她成天都把克拉抱在怀里，给他温暖。

克拉经历了这一切之后，害怕极了，直到当天很晚的时候，才开始和波莉交流。波莉明白了这是他人生中第一次试飞，他本来想训练他的翅膀，然后去探索未知，就像其他乌鸦一样，在树丛之间展翅翱翔。但他的父母告诉他还需要等一等——因为他还没有做好飞行的准备——可是，他已经急不可待了。他告诉波莉飞行的感觉简直

是太美妙了，然而他没有料到外面的风如此强劲。

"我害怕极了！外面的风简直就要把我的翅膀折断一样。"他说，"就这样我掉了下来，落入了泥潭之中。"

接下来的两周时间，波莉一直随身携带着克拉，无论她走到哪里都要把克拉带着，只有她上学的时候，克拉会待在她的卧室。但这个主意实施起来并不理想，正如波莉的母亲常说的那样，克拉的腿康复之后，就变得越来越不安分、越来

越胆大，而且好奇心也越来越强烈。波莉永远不知道回家之后会看到什么。不止一次她发现抽屉和橱柜里的东西散落在地上各处，一片狼藉。

在两个星期即将结束的时候，波莉带着克拉去见她的舅舅斯坦。斯坦舅舅是一位动物专家。他先检查了一下克拉的腿，发现克拉的腿伤已经很好地愈合了；接着又轻轻地展开克拉的翅膀检查。"看。"斯坦舅舅说，"还需要等一段时间他才能再次振翅高飞。"斯坦舅舅理顺了克拉的最长的羽毛，"他的羽毛马上就丰满了，由你来照看他，他真的很幸运。"

波莉知道克拉的腿伤痊愈了，他的翅膀也变得更强壮了之后，就意识到不得不放他离去。克拉是一只野生的动物，必须回到属于自己的野外世界。

释放克拉的时候到了，波莉他们来到了附近的一座小山丘上，这样克拉可以拥有更宽阔的视野，

选择飞行的方向。波莉做好了和克拉说再见的准备。他终于向森林飞去，渐渐地消失不见了。

过了一会儿，他又飞了回来，向后一扑，落在了波莉的头上。

"你怎么不走了？"波莉问。

"如果可以的话，我能留下来吗？"他回复道。

就这样，克拉留在了波莉的身边。

第2章

　　波莉和克拉住在一座叫阿布维尔的小镇上。这个小镇坐落在宽阔的山谷边，俯瞰着一条小河，这条小河叫作安静之河。山谷周围都是茂密的丛林，一直延伸到群山之中。在山谷最远的一边，在湖的另一边，有一座野熊丛林，从来没有人步入过那里。这个丛林里有真正的野熊出没，阿布维尔镇里的每个人都对这座丛林感到恐惧。他们甚至都不能提起野熊，仅仅是听到"熊"这个字，小镇里的人们就感到脊背发凉。不久之前，他们在小镇周围修建了城墙，保护自己，每到夜晚，大门就紧锁了起来。

　　就连非常喜欢动物的波莉也很害怕在野熊丛林中出没的野熊。她总感觉自己可以听到野熊的声音——这是她聪明的天赋唯一让她感到沮丧的地方。到了夜间，所有人都入睡，周围的一切都安静下来的时候，波莉清醒地躺在床上，倾听着遥远而又低沉的隆隆声和咆哮声。有时，她会做起噩梦，梦到自己在漆黑、复杂交错的丛林里被追逐着。她一直跑呀跑呀，野熊紧紧地跟在她后面，他们那长长的黄色爪子抓着她的衣服，突然间她的双腿发软，被什么东西绊倒了，摔倒在地上。就在这时，她惊醒了，发现自己安全地躺在舒适的床上，她的心在胸腔里猛烈地跳动着。

　　波莉知道关于野熊有很多可怕的传言。野熊被描述成凶残、冷酷的动物，那些曾经遇到过野熊的人们都发生了意外，但是没有人告诉她具体的细节。

波莉认为有些时候一无所知要比了解到真相更加糟糕。一天，波莉做了一个非常可怕的噩梦，起床之后，强压住心中糟糕的感觉，决定向斯坦舅舅询问野熊的事情。"请您告诉我您所知道的关于野熊的全部故事。"她说，"您一定要告诉我！"

克拉在她的肩膀上来回跳来跳去，似乎和她一样激动。

斯坦犹豫地看着波莉，"我想你已经长大了。"他脱下自己的帽子，紧紧地抱在胸前，"关于野熊有很多传说，我觉得最惨不忍睹的是……曾经有一家人到野熊丛林里野餐……"他停了下来，更加紧紧地抓着自己的帽子。

"继续吧！"波莉说道。

"很显然，走入野熊丛林里周围很快就变得一片漆黑。"斯坦继续道，"丛林的边缘看起来还不是那么糟糕，但是越往里面，树木就变得越

拯救小熊的波莉

来越茂密，树枝盘根错节，密不透风，阳光都射不进来，人们看不到周围多远的距离。人们说那里白天和黑夜一样黑，那去野餐的一家人都迷路了，接着……他们没有看到地面上隐藏的洞……他们掉到了洞里……这个洞很深，真的很深，就像一个矿井一样。"

斯坦继续低语道："但是，那不是个矿井，而是一个陷阱。是野熊们设计的陷阱。"他咽了一口唾沫，说道："为了捕获人类。"

波莉倒抽了一口冷气："太恐怖了！"

　　"那一家人。"斯坦说道，"妈妈、爸爸、奶奶还有四个孩子都掉入了陷阱当中，大约一周的时间，他们一个一个都被吃掉了。"

　　"简直太可怕了！"波莉小声说道。

　　"确实是很可怕。但最糟糕的是，这样的事情不是第一次发生。还有其他人也失踪了——"他再一次咽了一口唾沫，"我不能再吓唬你了……这就是为什么你永远、永远不能在晚上离开这个小镇到外面去。"

第 3 章

　　坐落在阿布维尔小镇的最高点，在小镇的城墙里面，野熊丛林的对面有一个叫作"欢乐时光"的动物园。这个动物园曾经是这个小镇的骄傲，来自五湖四海的游客都来这个动物园参观，观赏这里饲养的各种珍稀、美丽的动物。和野熊丛林里的野熊不一样的是，这些动物从来都不可怕（除非他们故意装出让人害怕的样子），因为他们喜欢人类的陪伴。但是这个动物园的主人死后，德洛丽丝·斯内尔和阿伯特·斯内尔继承了这个动物园，然而这对夫妇并没有像之前的主人那样善待这里的动物们。

现在，欢乐时光动物园看起来一片荒芜。所有的设施都老化了，没有更换过。动物园的小径杂草丛生，而且斯内尔夫妇为了省钱，解雇了很多真正喜欢动物，并且照看了这些动物很多年的饲养员。甚至这些动物本身都失去了往日的神采。他们的眼神变得很呆滞，皮毛失去了光泽，看起来既衰老，又疲惫。

不再有人愿意聆听动物园里可怜的狼的哀嚎声，也没有人再愿意观看企鹅们在肮脏的水泥池边漫无目的地蹒跚前行，人们离这些动物远远的。

斯坦在这个动物园里工作了很多很多年。他亲自饲养了这里大多数的动物，也见证了这个动

物园的很多变迁，但动物园从来都没有像现在这么糟糕。

看到动物园变成今天这个样子，波莉也很难过。她渴望帮助这些动物。波莉刚长大一点，斯坦就带着她一起去动物园工作。波莉的父母，帕可尼诺夫妇在另一个小镇里经营着一家饭店，这个小镇离阿布维尔有几英里远。帕可尼诺夫妇平时都很忙碌——买食材、种庄稼、做饭而且开着带有"帕可尼诺Ⅱ"标志的小货车在小镇里来回奔波，采购特殊的调味品。他们非常努力地工作，没有时间留意波莉。要不是斯坦和克拉的陪伴，大多数时候，波莉都是独自一人。每天一下课，波莉就去动物园帮助斯坦，要是到了学校的假期，波莉整天都待在动物园里。

"要是没有你，我该怎么办啊？"斯坦总是

这么说。每当动物生病或者看起来闷闷不乐时，斯坦就把这些动物带到波莉面前，这样波莉就可以和他们交流到底哪出了问题。动物园里有很多工作要做，每次波莉到动物园时，总会遇到各种各样的问题——一只病恹恹的海豹，一只阴郁的长臂猿，一只因为食物发馊而不吃东西的貘。有些时候，波莉为这些动物感到心疼。

她尽最大努力改变这些动物的现状，但是她只能做这么多。大多数情况下，她只是倾听，几乎所有的动物都需要倾诉。

"如果你知道……"一只土豚温和的眼里含着泪水说道。

"我觉得我再也受不了了！"一只狐猴大喊道，用自己银色的小手指抓着波莉的手掌。

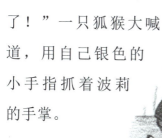

"这儿简直是太痛苦了！"一只鸵鸟哀嚎着。

波莉试图帮助这些动物做一些简单的、他们自己不能单独完成的事情——比如说给动物们刷牙，梳理他们的毛发、修剪爪子和指甲。有些时候，这些适当的关心让动物们开心了不少，不过不总是这样的。

"让我梳一梳你的头发！"她对一只猩猩建议道。

"这有什么用？"他忧郁地回答道，"谁会在乎我呢？"

"我在乎你。"波莉这样回复道，"这样会让你感觉好受些。"

这样，波莉给猩猩梳过头之后，猩猩的确感觉好多了，这种感觉持续了好一会儿。

时不时地，波莉给动物们服用药物、敷用膏药、补充维生素，但是这些东西总是不够。用完了之后，她有时用自己的零花钱购买更多所需物品。她和斯坦舅舅竭尽所能地改变现状，但是无论他们做什么，似乎都远远不够。他们常常感到不知所措，觉得自己很没用，因为他们不能真正地改变什么。一切都不在他们可操控的范围内。

"您觉得斯内尔夫妇真的一点都不在乎这些动物吗？"一天波莉这么问斯坦。

"恐怕他们不在乎这些动物。"斯坦悲伤地说。

"但是斯内尔先生很在乎自己的猫。"这时，波莉脑海里勾勒出斯内尔先生的那只猫躺在天鹅绒毯子上的情景，皱了皱自己的鼻子。这只

动物拥有一身冗长又杂乱的褐色毛发，一张扁平的脸，看起来总是那么令人讨厌。波莉认为他是一只脾气暴躁，不惹人喜欢的动物。她从来都没有和这只猫交流过，而且很庆幸从认识这只猫的第一天起，这只猫就决定忽视她。这只猫的名字叫普迪乌。

"斯内尔先生确实对这只猫很着迷。"斯坦同意道。

"既然这样的话，他怎能不在乎其他动物呢？我觉得他并不是有意冷落这些动物，您觉得呢？"波莉问。

"是的，也许这不是他的本意，不过他还是听他妻子的话，而且……"斯坦打了个哆嗦，他的声音越来越低，仿佛不忍说完这个句子一样。

"我觉得斯内尔太太不太友善，您觉得呢？"

斯坦再次哆嗦起来："不太友善……恐怕你说得对，她一点也不友善。"

第4章

阿伯特·斯内尔从没有想过自己会继承并经营一个动物园。他从来没有见过留给他动物园的姑祖母，也没有听说过阿布维尔这座城镇。

在继承欢乐时光动物园之前，他在某个城市里的一家无聊的会计公司做着一份无聊的工作。他身上最引人注目的是脏衬衫和总是积攒着污渍的领带。几乎每吃一顿饭，他都要在衣服上溅上一点什么东西。

事实上，他之所以会遇到自己的妻子德洛丽丝也是归功于他糟糕的饮食习惯。他和妻子在一年一度举行的会计舞会上相遇，当时德洛丽丝是一位服务员。当斯内尔先生喝清炖肉汤时，口水掉在了晚礼服上，德洛丽丝给他脖子上系了一块餐巾布，把他的胸脯围了起来，可怜的斯内尔先生从来没有感受过这样的关怀，立刻被德洛丽丝迷得神魂颠倒，告诉她自己继承了一个动物园，想提高自己的身价。德洛丽丝立刻想到既然斯内尔先生拥有一个动物园，那么他一定非常富有，于是就坐在了他旁边的座位上。

　　"请告诉我关于您更多的故事。"她轻声细语。有那么一会儿，德洛丽丝让阿伯特·斯内尔联想到自己最喜欢的猫普迪乌，普迪乌也是这个世界上他唯一热爱的生物。

　　他把心中对经营动物园的疑虑和恐惧都告诉

了她。

"你一定能做得很好。"她说道,"你天生就是经营动物园的行家,想象不出还有人比你做得更好!"

"可是除了我的猫之外,我不喜欢其他动物。"他承认道。

"啊,你养着一只可爱的猫?那么你一定很喜欢动物。既然你这么喜欢动物,我相信动物们也一定非常喜欢你的!"

阿伯特·斯内尔审视着德洛丽丝的观点——这个美丽的女人真的很了解他——他觉得她说的是对的。他肯定能经营好这个动物园——不过只有在她的帮助下才可以。她就是一位天使,是上天派来帮助他的。

就德洛丽丝而言,她立刻意识到阿伯特·斯内尔是她的一张金券。她再也不想做一名服务员了。她渴望喝着鸡尾酒,躺在某个遥远的金色沙

滩上晒太阳。她渴望拥有一台大屏幕的电视机，拥有一个巨大的游泳池，天天在里面游泳。她最喜欢做水中有氧运动——这样她可以肆意地溅着水花，而且再也不用端盘子了！

那天晚上，他们俩都幻想着自己被拯救了，从此以后一起快乐地生活下去，在月光下唱歌和跳舞。但是他们错了，完全大错特错了。当然，做任何事情都不会那么简单，不是吗？

第5章

　　尽管斯内尔先生是一名会计，但他根本不擅长算术，要想经营好一个动物园——或者从事其他这样的业务，必须很擅长数钱、做好加减法、让收入成倍地增加。因而，他们结婚后不久，德洛丽丝就意识到阿伯特已经无可救药。她每天至少这样和斯内尔先生说二十五次。

　　"阿伯特，你简直无可救药了！"她说道。

　　"阿伯特，没想到你这么无用。"她叹气道。

　　"阿伯特，你完全是个傻瓜！"她朝阿伯特吼道。

她的话每天都在他耳边回响着。

斯内尔先生越来越害怕德洛丽丝，她几乎每天都摆着一副凶巴巴的样子。

"哦，普迪乌！"一天下午，斯内尔先生叹气道，"我们一起逃离这里吧！"

这只猫嗤笑着他。

斯内尔先生坐在动物园的办公室里观察着普迪乌，普迪乌刚刚舔完一整罐双层奶油，没有人可以理解斯内尔先生为什么这么喜爱这只猫，因为这只猫根本不在乎这个世界上的任何一个人，但他却是斯内尔先生痛苦生活中的一丝亮光。

每当斯内尔先生回忆起那天早上德洛丽丝盯着普迪乌的神情时，就不由得浑身发抖。

平时，她都不正眼瞧这只猫一眼，但是那天早上，她却目不转睛地盯着这只猫看，一脸渴慕的神情，她平静地说道，又好像在自言自语："太完美了！简直太完美了！一顶完美的冬季帽子，我的颜色，我的型号……"

斯内尔先生感到他的血液完全凝固了："对不起，亲爱的，你说什么？"

斯内尔夫人微笑着说："如果没钱买一顶新帽子的话，我只能自己做一顶了。"她扭头再次看向普迪乌，脸上的笑容变得更加灿烂了。

这只猫退缩了一下，斯内尔夫人的那一嘴令人惊艳的白色牙齿让他看得眼花缭乱。

"事实上，"斯内尔夫人补充道，"我一直在思考我们该如何更好地管理动物园里的动物。"她从口袋里取出一张名片，把它甩在斯内尔先生的桌子上。

保证给你带来活生生的效果！

阿瑟·斯特林费罗

动物标本剥制师

立刻拨打电话！

电话：0126789 2436478

斯内尔先生趁妻子不注意的时候，在字典里查找"动物标本剥制师"这个词的意思，字典里这么解释道：把死去动物的表皮填充和封藏起来，这样让动物的标本看起来和活的动物一样真实。

"你怎么能有这样的想法呢？"他倒抽了一口气。

德洛丽丝耸了耸肩说："我们不停地喂养这些垃圾有什么用呢？如果把他们制成标本，只需要偶尔掸掸尘罢了。"

斯内尔先生哆嗦着，想起了之前和德洛丽丝的谈话，她现在又要做什么呢？她看起来异常高兴——他听到她哼着歌，说要与什么人会面。"你要见谁呢？"在她呵斥他之前，斯内尔先生小心翼翼地问道。

斯内尔先生叹了口气，他仅仅渴望拥有一个平和的生活，和自己心爱的妻子以及他亲爱的普迪乌永远幸福地生活下去，可是为什么他的生活不是这样的呢？

德洛丽丝关于"动物标本剥制师"的想法是正确的吗？斯内尔先生寻思道。或许她是对的。动物园里的大多数动物看起来都很疲惫不堪，而且还发霉长虫了。其中的一些动物每天都无所事事，他们只是早晨醒来，一瘸一拐地走到外面看看天气，也许把他们制成标本对他们来说是一件好事。参观者一定更喜欢看到动物们光滑的毛发，以及玻璃一样闪闪发光的眼睛……

斯内尔先生再一次看了一眼这张名片，然后拿起了电话。

第 6 章

突然间门打开了，德洛丽丝出现在斯内尔先生面前。普迪乌的尾巴猛烈地左右摇摆着。

"我正准备给他们打电话，亲爱的！"斯内尔先生朝她摇晃着这张名片。

"忘了他们吧！"斯内尔夫人厉声说道，"要是你知道我的会面取得了如此非凡的成果，你一定会很高兴。"

斯内尔先生几乎都认不出他的妻子来。她的脸上洋溢着幸福的笑容，她让两位穿着连帽衫的男孩进来，他们抬着一个麻袋。普迪乌带着威胁的表情跳到桌子一角上，朝斯内尔夫人发出了嘶嘶声。

"哦，滚开！"斯内尔夫人拿起一张卷起的报纸驱赶着这只猫。

两个男孩把这个麻袋扔在了地上。普迪乌偷偷摸摸地溜走了，临走前再一次凶狠地瞪了斯内尔夫人一眼，但她并没有察觉。

"这是什么？"斯内尔先生问。

但是没有人理会他。

"我们要五十英镑！"其中一个较大的男孩说道。

"二十！"德洛丽丝厉声说道。

"三十五！"这个男孩说。

"成交！"德洛丽丝说，她抓起了男孩的手，在他改变主意之前和他握了握手。

从麻袋里传出了呻吟声，震得麻袋来回作响。

"你们还能再找几个吗？"德洛丽丝问。

"您开玩笑吧！"那个较大的男孩说，"我

们不会再回来了！"

"我不会让你们白费力气的。"德洛丽丝露出了最灿烂的微笑。

"您给我们钱就行！"那个较矮的男孩说道。

"而且是现在！"另一个男孩发出了嘶嘶声，用拳头敲了一下斯内尔先生面前的桌子，斯内尔先生跳了起来，但没说一句话。

那个较大的男孩朝着斯内尔先生的方向倒竖起了拇指。"他到底怎么了？"他问道，"嘿！您！您在那儿做什么？抓苍蝇吗？"

斯内尔先生很快闭住了嘴。

"他要是那么有用就好了！"斯内尔夫人疲惫地说。她把一把纸币塞给了那个男孩，"这是你们的钱，现在赶快走吧！再见！不要让我在附近再看到你们！"

这个男孩把钱塞到他的后口袋里，然后把兜帽拉到脸上："很高兴和您做生意！"他和另一

个男孩跟跟跄跄地朝门口走去。

他们走了之后，斯内尔夫人用指尖戳着麻袋："阿伯特，这是对我们所有祈祷的回应！"她开始咯咯地笑了，接着咯咯的笑声变成了鼻子的哼哼声。

阿伯特之前从来没有听过这样的声音。"我不明白你为什么不能告诉我里面是什么东西。"他责备道。

斯内尔夫人自己哼着曲子，一边在嘴唇上涂了一层红色的唇膏。"我需要打个电话。"她指着这个麻袋说，"在我回来之前你必须看好这个麻袋。"

"这是什么，亲爱的？"阿伯特问。

斯内尔夫人翻了个白眼。"不要让它离开你的视线！"她厉声说道。

斯内尔先生咔嚓一声做了个立正的姿势，朝斯内尔夫人敬了个礼。"当然了，亲爱的！"他

讽刺地说。

斯内尔夫人离开之后，斯内尔先生坐在桌子的一个边角上，瞪着这个麻袋，它被蓝色的绳子绑着，现在依然蠕动着。

他蹲了下来，拉了一下绳子的一端，麻袋口打开了，斯内尔先生看不到里面是什么，于是站了起来，后退了几步——以防这是什么危险的东西——他用自己的脚趾提起麻袋的一端。

一个闪着亮光的黑色鼻子从麻袋里探了出来。他上上下下、左左右右地嗅了嗅空气，在斯内尔先生面前停了下来。斯内尔先生屏住了呼吸，麻袋的一端再一次滑落了下来，露出了小小的、棕色的吻部，接着麻袋继续滑落着，两只明

亮的眼睛一眨不眨地凝视着他。

他现在可以看到这只动物的整张脸，眼睛、耳朵还有牙齿……

他跌跌撞撞地后退了几步，重重地坐在了桌子上，有那么一段时间，所有的一切都静止了。他眨了眨眼，揉了揉自己的眼睛，再一次低头看向了这个麻袋，里面的东西没有动。

"噢！我的天呀！我的天呀！"斯内尔先生低语道。他感觉自己几乎都不能呼吸了。他的心扑通扑通直跳，感觉自己快要得心脏病了。他试图缓缓地呼吸着。

那只动物依然一动不动。斯内尔先生开始怀疑一切是否都还正常，毕竟，这只是一只很小的动物——只是一个幼畜——但看起来确实很令人着迷。

德洛丽丝刚才说了什么？这是对我们所有祈祷的回应。

"哦，天呀！"他倒抽了一口冷气，"她是对的！"

接着，成千上万的思绪涌上了他的心头——他似乎看到钱财源源不断地向他涌来！看到了动物园的门票供不应求！丁零！丁零！他听到了收银机的响声。之前从来没有人捕获过这样的动物，街区里的人们将会排着长长的队伍，会有广告、报纸、电视的宣传——他们将变得格外富有！他们会成为名人！德洛丽丝就不用动不动生气了，普迪乌可以吃上鱼子酱！他们一家人都会吃上鱼子酱！

一下子生活中有了成千上万种可能。他一直渴慕着坐一次游轮……也许现在能够支付得起这样的费用——可以去加勒比海——他似乎看到德洛丽丝站在甲板上，一只手扶着栏杆……他看到她渐渐松弛下来……噢！噢！这样的情景一遍遍在他脑海里重温着……

斯内尔先生大笑了起来。他笑着，不停地笑着，感觉真的很好。眼泪从他的脸颊上滚落下来，他感到一阵狂喜，把桌子上所有的纸张都撂到了地上。他想拥抱德洛丽丝，可是她现在不在这儿，他想都没想，就蹲下来，想拥抱麻袋里的动物——这将是他所有新的幸福感的源泉！然而这只动物看到了他的动作，迅速地从麻袋里爬了出来，露出自己的牙齿，接着他跳到斯内尔先生的肩膀上，狠狠地咬了他的耳朵一口。

"噢！"斯内尔先生尖叫道。

第7章

　　在动物园的另一端，波莉和克拉正在巨型食蚁兽居住的院子里修补一座陈旧的白蚁丘。"克拉，你根本没有在帮忙呀！"波莉大声说。

　　克拉发现白蚁出乎意料地好吃，一直在不停地捕食他们。这让巨型食蚁兽感到越来越恼怒，他和克拉不停地为那些白蚁争吵着。土堆崩塌的速度要比波莉填充的速度还要快。

　　"克拉！停下来！"波莉大声说。

　　他们制造出这么大的噪声，要是这个时候波莉能听见什么的话，那简直就是奇迹。不过突然，她的确听到了什么。这是她从没有听到过的一个细小的声音。

　　"嘘！克拉！停下来！"波莉又说了一遍。

又是这个声音：一个细小的声音……听起来相当绝望。

这个声音并不是语言——只是哭喊声。波莉跳了起来，朝着这个声音的方向跑去。追随着这个声音，她一路上穿过了竹林村庄，经过了酒吧，沿着加勒比海湾继续向前跑着，绕过了亚拉巴马州的荒野，最后在斯内尔先生的办公室门前停了下来。

通常情况下，波莉总会敲门进入办公室，但这一次她径直跑了进去。

办公室里看起来像刚刚被一阵龙卷风席卷过，地板上到处散落着纸张，斯内尔先生躺在这堆纸张中间，脸色苍白，眼睛骨碌碌地转着，耳朵滴着血。

"抓住他，波莉！"他倒吸了一口气说。

波莉注意到什么东西突然挪动了一下。一只很幼小的棕色动物从桌子后面一闪而过。他呜咽

着消失在文件柜后面，就像一个哭泣的孩子。

　　"一切都会好起来的。"她小声说，"不要害怕，我不会伤害你的。"

　　她蹲下来，朝着文件柜后面窥视着。接着，她倒吸了一口气，这只动物的两只棕色的眼睛回瞪着她。很显然，不可能是……不，不可能吧……他应该不会是只熊吧！

　　她感到浑身发冷，非常害怕，怎么可能有只熊……在这里……恰好在这间屋子里呢？

波莉回头看了看斯内尔先生，他正悄悄地退出办公室，关上了身后的门。

这个小生命再一次哭喊了起来。波莉想接下来该干什么。听起来，这个小生命极度悲伤，他只是一只幼崽。他走丢了，现在需要她的帮助。但是……他是一只熊呀！

熊崽又呜咽了起来，波莉做出一个决定。

"过来！"她伸出了自己的胳膊，"我不会伤害你的。"希望你也不会伤害我，她在心里默默地说道。

这只幼崽一点点地向前靠近，他的脸从阴影之中浮现出来。他用一只大爪子擦了擦鼻子。

波莉拍了拍自己的膝盖："过来，过来，这里很安全。"

这只熊拖着脚步缓缓地走向波

莉，他的目光飘过皱巴巴的纸张，抬头看着她的眼睛。他爬到了她的膝盖上，他那湿湿的、黑色的鼻子在她的脖子上来回蹭着，然后深深地呼吸了一口气。

"那边，那边。"波莉小声说道。

她用双臂轻轻地搂住了他，来回摇晃着他，她的心跳得很快。

她简直不敢相信自己抱着一只熊——一只真正的熊！也许他只是一只幼崽，但他拥有一双长长的爪子，而且非常尖利！还有他的牙齿也格外锋利！他长大之后将会变成一头多么可怕、让人生畏的熊啊！

"我不知道你在这儿做什么，"波莉柔声说道，"还有你是怎么过来的，但是我们一定遇到麻烦——大麻烦了。"

她抱着这只幼崽，让他在她的膝盖上坐了很长时间，并来回摇晃着他，抚摸着他的毛发。她深深地呼吸来稳定情绪，渐渐地，她感觉平静了很多。这只熊也放松了。

"不要担心，小不点。不要害怕，我会照看好你的，我保证，一切都会好起来。"

她继续轻声和他说着话，不过她猜测由于他年纪很小，还没能掌握太多的词语。终于，她感到熊崽在她的怀抱里越来越沉，渐渐地入睡了。于是，她在文件柜的底层抽屉里铺上软垫，把熊崽放在抽屉里，熊崽看起来很平静。

波莉情不自禁地盯着他看。她从来不敢想象自己可以这么近距离地盯着一只熊看。

过了一会儿，波莉踮着脚走到斯内尔先生桌子上的电话旁，给斯坦的分机打电话。不一会儿，斯坦敲了敲门，当波莉打开门时，她把手指放在了嘴唇边，指了指文件柜。

　　"噢，不！"斯坦的脸色瞬间变得苍白，"我不敢相信这些！怎么可能……？斯内尔夫妇……"他摘下了帽子，用手指梳理着他的头发，"他们一定疯了！"

第8章

  波莉和斯坦在大门旁边发现了斯内尔夫妇。
斯内尔先生正坐在一张长椅上吃着冰激凌，试图
忘记他那只受伤的耳朵。他的妻子来回踱步，对
着手机说话，她的手指前一分钟在空中划过，后
一分钟又在空中挥舞。

  斯坦朝斯内尔先生走去："斯内尔先生，您
可以解释一下发生了什么吗？我相信这一切只是
暂时的，对吗？我的意思是您绝不可能让一只熊
崽待在办公室里，对吗？"

  斯内尔先生并没有回答，他正全心全意地享

受着冰激凌，他的裤子上已经掉了几滴冰激凌水。

"斯内尔先生！"斯坦说道，"这件事非常重要！难道您没有意识到在动物园里根本不可能饲养一只野熊吗？"

"我们当然可以了！"斯内尔夫人挂掉了电话，"难道他不可爱吗？"

"不，斯内尔夫人！一点都不可爱！哦，好吧，他现在的确很可爱，但这种情况相当危险！这是一个错误！一个灾难性的错误！"斯坦一边说一边红了脸，波莉可以看到他看起来相当沮丧。

"我帮您理清思路。"斯坦继续说，他的声音颤抖着，"我们得把这只熊送回属于他的地方，一切将会好起来。"

"别傻了！"斯内尔夫人厉声说。

波莉和斯坦跳了起来。

"这只熊崽哪儿都不能去！"

斯内尔夫人怒目圆睁地盯着斯坦和波莉。

"你们脑袋进水了吗？现在是我一个人独自拯救
这个动物园！你们究竟怎么了？"

　　波莉和斯坦退后了几步。当斯内尔夫人逼近
他们时，他们已经退到了篱笆边缘。她的脸离他
们那么近，她那红色的嘴唇几乎要碰到斯坦的鼻
子上。

"看来，必须和你们解释清楚。"斯内尔夫人在她那磨得锃亮的牙齿之间长长地吸了一口气，"人们不想看到沉闷、沮丧的狮子或者发霉虫蛀的骆驼。人们不想看到闷闷不乐的猴子和可怜兮兮的企鹅。他们不喜欢被驯服的动物！因为这些动物都很无聊！他们希望看到一些真实的、充满野性的、危险的、令人感到害怕的动物！"

她不由得笑了，她那可怕的嘴唇不自然地扭曲着，过了一会儿，她才继续说道："这次展览将会成为这个可怜的动物园历史上最有价值、最有利可图的资产！"

"但是，斯内尔夫人……"斯坦继续说道，"必须把这只熊崽送回去，您让我们所有人都暴露在危险当中！"

"哦！不要这么不可理喻。他只是一只幼熊，将会待在最高级别的安全保护之下。

一星期七天，一天二十四个小时！"斯内尔夫人厉声说道。

"难道您没有意识到您在做什么吗？您让整个小镇都置于危险之中！"斯坦大声说道，"他们会过来找他的！那些野熊会过来找他的！您不能这么做，斯内尔夫人！"

斯内尔夫人根本没有认真听。斯内尔先生也是一样的。他用手指堵住自己的耳朵，半跑半跳地朝售票处跑去。他们可以听见斯内尔先生不成调地哼着歌："我们花钱买下了这只熊崽，这只熊崽将为我们带来收益。几十亿！甚至数也数不清的钱！这只熊崽将为我们带来巨大的收益！"

斯内尔夫人再一次接起了电话。

波莉看着斯坦："我们该怎么办呢？人们真的会过来

观看这只熊崽吗？我想人们不是害怕他们吗？"

"当然，人们非常害怕那些野熊。"斯坦坐了下来，用手托着他的头，"但问题是人们同样也对他们格外着迷。如果人们认为自己是安全的，就会抢着来看动物园里的熊崽。可是，这根本不安全！用不了多久，他的野熊家族就会过来找他的！"

"既然这样的话，斯坦舅舅，我们该怎么办呢？"

"波莉，我不知道，我真的不知道。"

第9章

对于斯坦和波莉来说，这只熊崽的到来，是他们在欢乐时光动物园里最不快乐的一天。接下来发生的事情将更加糟糕。

几天之内，斯内尔夫妇已经为熊崽和动物园的环境做出了很多重要的决定。他们决定人生中第一次一掷千金，花费巨大的资金去修复狮子的巢穴，而这个巢穴已经闲置了很多年了。他们打算把它修建成顶级水平的围场，拥有广阔的视野，周围都被深深的水洼和高高的围墙包围着。

"我们发掘到了一个小金矿！"斯内尔夫人开心地和丈夫说道。

斯内尔先生觉得妻子和他刚见到她时一样迷人。"干得好，我的夫人。"他小声说，朝她伸出了手，但她手腕一抖，巧妙地避开了他。

"阿伯特，够了！"她厉声说道。

也许你们已经猜到斯内尔夫妇是最不具有耐心的人，当修建新的围场的时候，他们根本不给工人一刻休息的时间。

"时间就是金钱！"斯内尔夫人厉声说道。

事实上，所有的一切都在几天之内完成了。

斯内尔夫妇同时也找到了监视熊崽巢穴的临时警卫。

所有人都匆匆忙忙地为这个小动物修建新的监狱——

几乎是所有人，除了波莉和斯坦之外。波莉时刻想着熊崽，尽管她不被允许和他见面，但她时时刻刻都惦念着他，她禁不住寻思熊崽有多么想家、多么不快乐。她只能希望如果熊崽可以拥有更多居住空间的话，可以变得快乐些，不过波莉明白这是不可能的。

搬家的日子很快就要到了。一切都准备好了。翻新过的狮子窝现在叫作"熊园"。这个名字是斯内尔先生起的，他对此非常满意。在动物园外面，挂着这样一个标识：

四个戴着头盔的警卫把关着熊崽的笼子推到

> **请过来参观**
>
> 我们独一无二的野熊崽！
>
> 看他游戏……看他跳舞……
>
> 你们不会失望的！
>
> 这只熊崽真的是非常非常非常可爱的！

熊园里，放到一棵新安放的塑料树旁，斯内尔夫妇站在观景台观望着一切。甚至普迪乌也对此很感兴趣。他站在围墙顶部，绕着围墙散步，甩着尾巴，不过他很快就厌倦了，跑到了一个住着小哺乳动物的小窝里，
吓唬里面的仓鼠。

　　波莉和斯坦站在大门处比较远的地方，这样斯内尔夫妇就不会发现他们。他们俩都绷紧着神经，斯坦一次又一次尝试说服斯内尔夫人把小熊崽还回去，但是徒劳无功。

　　几分钟之后，又有四个警卫来到小熊崽身边，他们拿着盾牌和警棍。他们小心翼翼地打开

了笼子的门，所有人都屏住了呼吸，期待明星的出现……但是，他并没有出来。

"快点！"斯内尔夫人咬着牙，发出了嘶嘶声。

但是，这个动物还是一动不动。

"把他弄出来！"斯内尔夫人在头顶上挥舞着两只拳头，"用你们的警棍，你们这群笨蛋！"

四个武装的警卫犹犹豫豫地站在牢笼旁边，但是他们没人动一下，那些刚刚把关着熊崽的牢笼放在围场里的警卫站在后面。

"数三下！"斯内尔夫人大喊道，"敲打栏杆！一……二……三！"

看到警卫举起警棍时，波莉惊恐地看着这一幕。但是警卫们将警棍缓缓地落下，这样他们敲击栏杆的时候，根本听不到任何声音，看起来，没有人想让熊崽难过。

"简直难以置信！"斯内尔夫人用平静而沉着的声音说道。接着，她大喊道："你们这群彻

头彻脑的笨蛋！"她的声音突然变得那么高，一个警卫出其不意地摔倒了。她怒目瞪着所有的警卫。

她踩着高跟鞋嘀嗒嘀嗒地走下观景台的台阶，在熊园的大门口来回转着。她抓住了两个警卫的警棍，一手一个，开始用尽全力敲击牢笼的栏杆。

"出来！出来！出来！"她大声说道。

她产生出糟糕而又可怕的噪声，小熊崽以最快的速度冲出敞开的门，钻入灌木丛中，然后消失了。

"哦！不行！不能这样！"斯内尔夫人大喊道，"我花钱不是让你躲起来。"看起来好像她想亲自跳进灌木丛里一样。

　　"冷静些。"斯内尔先生站在观景台上大喊道，"我们已经让熊崽到了我们想让他去的地方，可以让他先熟悉一下周围的环境，然后再回来。"

　　斯内尔夫人发出了像发怒的公牛一样的声音，在灌木丛旁挥舞着拳头。接着她怒气冲冲地离开了熊园，斯坦和波莉看到她走来，紧紧地靠在墙壁上。

　　当他们离开之后，斯坦再一次回到了其他动物身边，照看着其他动物，但是波莉来到了观景台，斜靠在墙壁上。她寻找着围场里面的熊崽，可是什么都看不见。克拉飞了下来，掠过灌木丛的顶端。她看到他笨拙地降落在水洼的另一边，消失在芦苇丛中。几分钟之后，他再次出现了，飞了回来。

"你找到他了吗？
他一切都还好吧？"波
莉问。

"他很害怕。"克
拉说道，"熊崽简直吓
坏了。"

波莉想和熊崽说些什
么，希望可以帮助他，但是她
不知道可以跟他说些什么。既然她
自己都如此焦躁，又如何才能让熊崽安心呢？
最后，她扯着嗓子，尽可能大声地喊着："小熊
崽，我们会竭尽所能地帮助你的！克拉和我——
我们不会忘了你的。克拉今晚和你待在一起，我
们时刻听着你的声音，也时刻都在想着你。"

虽然感觉不怎么样，但这是她唯一能做的。

当晚波莉走在回家的路上，她感到很不安心。
她有些头痛，耳边充斥着嗡嗡的声音。这个声音已

经响了一天了。起初，她感到有些烦恼，不得不摇头，赶走耳边的声音，却无济于事。现在，她一个人走在街上的时候，这个声音越来越高。

波莉意识到——耳边的声音并不只是嗡嗡声——而是咆哮声。这个声音是来自野熊丛林的野熊们的咆哮声！

之前在死寂的夜晚，她也曾经听到过野熊的声音，但是这次不一样了。他们狂怒地咆哮着，声音如雷贯耳。她想，这些野熊一定离人们很近了。他们一定离开了野熊丛林，向阿布维尔走来。斯坦是对的，他们要过来，找到他们的熊崽。一切只是时间问题，波莉突然感到格外害怕。

第 10 章

第二天早晨，在欢乐时光动物园里，斯内尔先生跟着斯内尔夫人来到了熊园，站在观景台上向下窥视着。

"他在哪儿呢？"斯内尔夫人朝着警卫大声吼道，"最好别逃走了！"

"他不可能逃走的。"一个警卫回答道，"一定躲到灌木丛里了。"

斯内尔夫人变得怒不可遏："我们在这个小混蛋身上花掉了所有的钱！我不想白费功夫！"

"我敢肯定他一定会……"斯内尔先生开始说道，当他看到斯内尔夫人朝他皱着眉头时，默默地走开了。接着斯内尔夫人注意到斯坦拿着一盒香蕉，正朝猴子屋走去。

"你打算怎么办？"她大声喊道，"这只熊本该成为这个动物园最激动人心的展览，但是现在他却躲着不见人。你该怎么办？"

"我？"斯坦说道，"这与我没有任何关系！"突然，他想到了什么。如果他和波莉可以接近这只熊崽的话，也许他们能做些什么……他们也许能在野熊们到达动物园之前，把这只熊崽救出来。"如果您想让我帮忙的话，"他接着说道，"我必须找波莉来帮忙。"

"波莉？"斯内尔夫人问。

"德洛丽丝，你应该认识她。"斯内尔先生说，"就是那个经常在这里转悠的女孩，还有一只乌鸦跟着她。"

"你觉得她可以解决问题吗？"斯内尔夫人问。

"如果有人能解决问题的话，那就是她了。"斯坦说。

"好吧！"斯内尔夫人说道，"快点叫波莉过来！"

根本不用劝说波莉来动物园里帮忙，她整晚都在担心这只熊崽。

自从大前天开始，克拉就一直跟着熊崽。波莉到达动物园时，他还在那儿。一个警卫打开围场的大门，波莉呼唤着克拉的名字，他正在练习飞翔，显然已经进步了很多，除了降落还有些蹩脚之外。见波莉进来，他飞向了她。熊崽在灌木丛中斯内尔夫人看不到的地方注视着眼前这一幕。

"你必须让那只可恶的熊从灌木丛中出来！"她站在观景台上喊道，拿着一副巨大的望远镜往这边窥视着。

波莉没有回答。

熊崽继续观察着克拉，波莉知道他们之间已

经建立了友谊。

　　"哑！哑！哑！"乌鸦大叫道。

　　"哑！哑！哑！"熊崽尖叫道。

拯救小熊的波莉

　　但是当波莉继续向熊崽靠
近，他吼了一声，紧紧地咬着牙，跑开
了，钻进了低矮、茂盛的灌木丛里，从人们的视
线里消失了。

　　波莉犹豫了，不知道该怎么做，然而她强迫
自己勇敢起来，跟在熊崽后面。波莉在曾经用作
狮穴的水泥小屋里找到了他。

　　熊崽把自己紧贴在墙边最黑暗的角落，波莉
知道自己必须重新修复他的信任。毕竟，她属于
人类，迄今为止，熊崽遇到的所有人类都没有善
待他。她在熊崽对面的墙边坐了下来。

　　"很抱歉让你经历了这么糟糕的时光。"她
轻声说，"我知道你很害怕，我想
和你交朋友，来帮助你。"

　　熊崽根本没有看她。

　　波莉在斯内尔先生
的办公室见到熊

崽的第一面起，就答应去照看他，但她根本没有履行自己的诺言。他还能继续相信她吗？

波莉感到十分沮丧，决定暂时放弃，然后从小窝里出来，坐在了水洼旁边。克拉停在了她的肩膀上。"有没有进展呢？"他问。

"还没有。"波莉说，"但我不会放弃的。"

夜幕降临了。波莉到了离开的时间，她告诉熊崽第二天早上她还会过来，暂时把他交给克拉。

她希望可以避开斯内尔夫人。可是当她走到大门前时，斯内尔夫人朝她大喊着，波莉僵在了那里。她朝波莉走来，走到她面前，波莉不得不后退了几步。

"你最好按我跟你说的去做！"她发出了嘶嘶声，"最好让那只熊出来！"

"嗯……嗯……好吧，我差不多可以……"

波莉小声说。

"差不多？"斯内尔夫人大声叫道，"我没有让你差不多！如果明天那只熊还没能出来表演的话，你就别回来了！你听到我的话了吗？要么明天让那只熊出来！要么永远都不要回来！"

第二天波莉再次来到熊崽的小窝时，他依然藏在灌木丛中。波莉知道这是她最后的机会。昨天熊崽那样对她，让她感到很焦虑。然而她再次走近时，熊崽抬起头来，并没有咆哮，也没有逃走，而是在远处跟着她，来到了水洼旁。波莉坐在了一棵大树的阴影下，这样就不会被观景台上

的人看到。熊崽也坐了下来，接着，他一英寸一
英寸地向波莉靠近。他最终坐在了她身
旁，把头靠在了她身上。波莉几乎
一动不动，觉得自己的内心充
满了对这个幼小生命的同
情和柔情。她用胳膊搂着
他，过了一会儿，熊崽给
她讲他的名字叫布布，他
特别想回家。正如波莉猜想
的那样，他还没有掌握很多词语，
但足以表达自己难过的心情。

"噢！布布！"波莉说，"无论发生什么，
我都是你的朋友——克拉也是。我会想办法送你
回家的。我真的会这么做，只是现在还不能。因
为这里的警卫太多了，他们会阻止我们逃跑。不
过，我向你保证，如果有机会的话——我一定会
这么做的。"

熊崽用一双睁得大大的、充满恐惧的眼睛看着波莉，对于这么幼小的生命来说，发生的一切太可怕了。要是她能带着他躲过这些警卫就好了。不过目前来看根本不可能。

不管怎么样，她怎么才能把熊崽送回野熊丛林呢？她如何才能在自己被熊崽的堂兄妹和姨姨吃掉之前，找到他的父母呢？

但是波莉知道如果她不采取行动的话，野熊们将会抵达阿布维尔。来自野熊丛林的咆哮声越来越大，而且也越来越近。野熊们很容易找到进入小镇的道路。他们会爬树，也很可能爬过围墙，不是吗？

她知道毫无疑问，这个小镇遇到了危险。人们的生命受到威胁！

波莉颤抖着，她必须做些什么——但是她该做什么呢？

第11章

　　斯内尔夫妇刚看到熊崽从灌木丛中探出身体时，就让警卫们把灌木丛清理干净。波莉竭尽全力劝说斯内尔夫妇先让熊崽安定下来，在熊崽表演之前先赢得他的信任，但是斯内尔夫妇太没有耐心了。

　　他们宣布第二天将举行"盛大献映"的仪式，他们期待成千上万的观众争抢着买票。波莉对此感到十分紧张，第二天动物园一定挤满了陌生人，他们会闪着照相机，录制视频，尖叫、大笑、鼓掌——制造出很大的噪声。这对可怜的小布布来说太可怕了。

　　她设法说服了斯内尔夫妇，让斯坦帮忙为一

切做好准备。她希望通过她和斯坦的努力，可以让熊崽感觉这个围场温馨了许多，这样他就有勇气面对所有的参观者。波莉带着斯坦去见布布，并解释他愿意帮忙，熊崽立刻接受了他，熊崽和斯坦很快就成了朋友。

斯坦清理了水洼，修剪了杂草，清扫了水泥小屋，在塑料树上挂上了一个旧轮胎，布布跑了起来，立刻跳到轮胎上，整天都坐在里面晃来晃去。波莉感到既高兴又难过。看到熊崽比以前勇敢多了，她感到很欣喜。

到了晚上，她给布布盖上了被子，然后轻吻他，和他说再见。

"明天将是非常重要的一天。"她小声说，"好好睡一觉，我明天再来看你。"

她不想就这么离开，但克拉会陪着他。

波莉不想步行回家。因为那个时候，她可以听到野熊的声音，她非常讨厌这样的声音。这个声音现在比以往都更加清晰，而且离他们更近了。她走出动物园大门之后，感觉自己被跟踪了，好像有什么人，或者什么东西正盯着她看……然而当她扭过头去看后面有什么，却什么都没有发现。

波莉躺在床上，凝视着阿布维尔小镇高高的围墙外一望无际的绿色田野。她可以看到灌木篱笆间长长的杂草里被踩踏出的一行清晰的足迹，蜿蜒地穿过一片又一片的田野。看起来这行足迹

好像是从野熊丛林里延伸出来的，波莉知道这意味着什么。从野熊丛林来到了阿布维尔的一定是野熊——而且从留下的足迹来看，野熊不止一头。

当晚波莉很难入睡。她满脑子都是乱七八糟的想法，她无法不去想草地上的足迹。外面到处都是奇怪的声音：猎犬在乱叫，垃圾箱也被翻倒了，发出了巨响。

一直到凌晨时，波莉才睡着了。在熟睡之前，她从噩梦中惊醒过一次。这个噩梦感觉如此真实而可怕，甚至她刚开始还在怀疑自己是不是在做梦。整个屋子都随着声音振动着，这是一种嘶哑的呼吸声，好像沙哑的喉音。她知道一定是野熊的声音。听起来好像他们把她包围了，在这个房子里，围墙边，他们踩过了地板，厚厚的皮毛擦蹭着栏杆，他们的爪子在墙纸上留下深深的抓痕。

波莉立刻睁开了眼睛。她独自一人待在这个

屋里。她推开了羽绒被，踮起脚在地毯上走着，屏住了呼吸，拉开窗帘，刚好可以看到外面。街道上空无一人，但是在路灯下，一个巨大的黑影在拐角处消失了。波莉感到非常害怕，不停地颤抖着。

第 12 章

第二天早上，波莉正在刮净碗里最后一片湿漉漉的玉米片，这时收音机里播报了一则新闻。

"据报道，昨晚在城墙被攻破之后，四只成年的野熊来到了阿布维尔市。"

波莉几乎被玉米片呛住了。

新闻播报员继续报道："目击者声称有几头身材肥大、体毛又长又密，长着一双可怕的眼睛和尖利的牙齿的野熊在小镇东侧的最低点爬上了城墙。他们很可能会前往动物园的野熊围场，然而动物园的主人斯内尔夫妇确认昨晚并没有闯入者，在今天熊园举行'盛大献映'的仪式之际，他们的熊崽依然安全。"

可怜的布布，波莉这么想道。也许那些野熊能将他成功地带走，问题就解决了。她寻思熊崽住在水泥小窝里是否可以听到家人的声音。

新闻播报员继续道："阿布维尔小镇的人们开始担忧在动物园里饲养一只野熊是否安全。很多人已经联系了本栏目频道。"

这个时候，新闻播报员连线了一位不愿意透露姓名的观众。

"嗯，他们很危险，不是吗？"那名观众说道，"我的意思是包括那只熊崽也很危险，我们根本不知道他下一步要做什么。他会不会逃走呢？我们的孩子该怎么办？很难想象……"打电话的人声音越来越低，新闻播报员继续道：

"警方建议公众继续正常地生活，但要保持警惕，随时报告一切可疑行为。他们向本新闻频

道保证野熊们已经离开了小镇。到目前为止，没有任何人员和财产的损失，除了动物园围墙外的两盏路灯被撞倒之外。"

当她的父母进来时，波莉赶忙关掉了收音机。她很高兴他们没有听到新闻的播报。否则，他们会很担心，阻止她继续前往动物园。她和斯坦都没有告诉她父母熊崽的事情，但随着今天"盛大献映"仪式的举行，很难继续保守秘密。在她父母动身前往饭店之后，波莉冲出了房间。

她看到一大群人堵在了动物园的门口。

有些人举着标牌。

"不能继续保留野熊。"

"赶快让野熊离开。"

这些人看起来很生气。

"噢，天呀！"波莉说道。

当她前往熊园时，要经过斯内尔夫妇的办公室。她不想停下来，但又控制不住自己。听起来

斯内尔夫妇好像正在争吵。透过窗户，波莉看到斯内尔先生在他的书桌旁来回小跑着，用手捂着头。

"我之前和你说过！我之前和你说过！我告诉过你这太疯狂了！"他抽噎道，"现在所有人都很生气，我们会输光所有的钱，而且被野熊们吃掉！"

波莉看着斯内尔夫人。她的眼睛闪着光，脸上带着微笑。"阿伯特！"她大喊道，双手合十。

斯内尔先生停下来，猛地转过头看着她。然后他强忍着抽泣，再次小跑起来。

"阿伯特！阿伯特！你这个傻瓜！冷静点！"斯内尔夫人大喊道，"和往常一样，你错了，大错特错了。现在一切对我们来说太好了！这是最好的结果了……我们上新闻了！这是我们所需的最好的广告！现在所有人都会过来参观我们的熊崽。一只待在完美围场之中的熊崽，而且被很多警卫看管着，虽然很害怕，但是绝对是安全的！"

"但是，人们都很生气！"阿伯特大声说道，"人们害怕野熊，要让我们放掉眼前的这只！"

"你只需要等一等。"斯内尔夫人露出一个未卜先知的微笑。

波莉跑到熊园里，看到了布布和克拉。布布被这些噪声和人群搞得莫名其妙——他可以从攀爬架的顶端看到他们。波莉和克拉尽最大可能地去安慰他。他似乎根本不知道昨晚野熊们到访了

拯救小熊的波莉

阿布维尔市。波莉心想：昨晚当野熊们在阿布维尔市横冲直撞的时候，他一定在水泥窝里熟睡，这样也好。她决定不告诉他昨天野熊的到访。最好不要让他抱有太大的希望。

时间一分一秒地过去，动物园外的人聚集得越来越多，也越来越愤怒。最终，斯内尔夫人出去接见了这些人。她什么都没说，只是微笑着打开了动物园的门，人们冲了进来，大喊着，挥舞着他们的标牌。斯内尔夫人沉着地领着他们进来，不知不觉地将他们领到熊园，起初，人们看到围场里的野熊崽害怕地尖叫着，布布也试图躲在塑料树后面，然而随着尖叫声越来越低，他从树后面爬了出来，爬到了他的吊床上，那双大大的、棕色的眼睛盯着人群，周围的人们一片诡异的安静。

"噢！"有人低语道，"他真可爱！"所有人都窃窃私语着，因为面前的这只熊只是一只熊

崽——一只可爱的、幼小的、讨人喜欢的、毛茸茸的崽子。人们咕咕地叫着，拿起照相机拍照，呼唤着熊崽的名字，朝他扔坚果和糖块。看到这只熊崽，人们都激动万分。

"他看起来根本就不像一只可怕的野熊。"他们说道，"他太可爱了！我们必须把他留在这

儿！我们要保护他免受其他野熊的干扰——那些可怖的、骇人的生物！"

斯内尔夫人的笑容越来越灿烂了。"看到了吗？"她对斯内尔先生说。他已经爬上了看台的台阶，走到他的妻子面前。"我跟你说了这是个好机会！"斯内尔夫人沾沾自喜。

波莉依然和布布待在围场里面，简直不敢相信自己的眼睛。"看，人们在微笑着！他们真的很喜欢你！"她告诉布布说。

人们当然非常喜欢熊崽！人们爱他！当人们看到熊崽和波莉与克拉在熊园里奔跑时，倒抽了一口气，欢呼雀跃，鼓起掌来。

在闭馆的时候，布布看着人们的离去，脸上流露出一种滑稽的表

情。波莉给他盖上了被子，和他吻别道晚安。"小家伙，明天见！"她说道。

"他们还会回来吗？"当她准备关上小屋的门时，熊崽问道。

波莉停了下来，他所指的是那些野熊吗？他是否知道他的野熊家族曾试图找过他呢？"布布，你说谁？"她问。

"那些人群。"布布回答道，"他们明天还会回来吗？"

"哦！是的！"波莉说，"我确定他们一定

还会来的。你喜欢他们吗？"

布布带着困意点了点头，把鼻子压在胳膊下面，波莉再一次看到他是多么幼小和孤独。她带着沉重的心情，关上了门，蹑手蹑脚地走出去。

要是她不这么焦虑的话，波莉会告诉自己这一天一切都进展得很顺利，只是一切似乎都是错的。布布应付得很出色，甚至很享受这些。但是又一个夜晚降临了，那些野熊还会再回来吗？尽管那些野熊现在一定非常绝望，但在昨晚，他们没有伤害任何人，这让他们变得更加危险。

在波莉准备离开动物园时，她再一次经过了办公室。她看到普迪乌躺在桌子上，沐浴在夕阳的余晖里，斯内尔先生正站着，盯着窗外，他看到了波莉，掐断了香烟的烟蒂，朝她灿烂地笑着。接着他再次点燃了香烟，朝她喷出了一团烟雾。

"波莉，我觉得今天下午非常成功！"他说，"击个掌！"

他朝窗户外伸出了一只骨瘦如柴的手，波莉不情愿地用她的手指碰了碰他的指尖，挤出了一个微笑。

"斯内尔先生，祝贺您！"她说。

第 13 章

接下来的一周内，看起来斯内尔夫妇判断的一切都是正确的，尽管所有人都害怕野熊，但是他们都想观看熊崽。而且当晚也没有任何关于野熊在小镇里出没的消息。

欢乐时光动物园门票的销售超过了极限。冰淇淋的销量飙升，明信片的销量飙升，一切都在飙升，尤其是斯内尔夫妇的心情。

斯内尔先生在动物园里神气十足地走来走去，迎接客人，帮助别人，咧嘴笑着，讲一些老掉牙的笑话。他是所有人最好的朋友。波莉觉得他这个样子很令人感到尴尬。他最好手上举着一

块标牌，上面写道："我做到
了！我成功了！我将会变得非
常、非常富有！"

至于斯内尔夫人……她待在
动物园里的时间很少。她大多数时间都去美
发店和美甲店，这样她就有足够时间来思考
和筹划。现在动物园盈利很多，她的一些梦想
也马上就要实现了。

聪明的斯内尔夫妇。人们真的很喜欢熊崽，
他们在街区附近排着队来观看他。人们成群结队
地来——舅舅、姨姨、堂兄妹、祖父母——所有
人都来，就和斯内尔夫人说的一模一样！他们喝
彩着、咕咕地叫着，无论熊崽做什么，人群都会
发出"啊哇"的惊叹声。人们把熊崽的一举一动
都录制下来，分享给朋友们看。人们在熊崽的喂
食时间、洗浴时间、梳理毛发时间以及其他时间
都赶过来观看，甚至还排队观看布布入睡。

他们开始给熊崽带来礼物——一个球、一个橡胶圈、一个呼啦圈。熊崽喜欢这些礼物，他来回乱跑着，踢着球，把球扔到空中，然后又把它抓住。他开始在围场里表演了。他把环圈绕着胳膊转了一圈，把它抛在空中，然后落在他的鼻子上。人群都要发狂了！他们太喜欢这只熊崽了！

"为什么我们一直要担心野熊呢？"他们说，"他们都那么可爱！"

人们给布布的礼物越来越大，也越来越昂贵，布布的粉丝们互相竞争着，比赛谁可以让布布最好地表演。他们给布布带来了一个带着绳子和滑梯的攀登架，一个温迪房子以及独木桥、滑板车和蹦床，还带来了各种游戏、一台电脑，甚至一台巨大的

平板电视。

熊崽每天都过得像过生日一样，每当早晨来临时，熊崽就冲出他的小屋，看接下来要发生什么。这什么时候才是个头呀！

波莉很担心。看到布布如此快乐她很欢喜，然而这样的感觉并不会持续很长时间，到了晚上，人群不得不离开的时候，小熊再一次变得焦虑起来。他一看到人们接上自己的小孩，收拾好了包裹，就会上上下下地跑着，开始哭泣。

波莉确保那个时候自己都会和克拉待在熊崽身边，来安慰他，熊崽扑倒在她的怀抱里，哭泣着说："我想要妈咪！"不止一次，波莉希望自己能带他回家。

一个这样的傍晚，斯内尔夫人悄悄地躲在熊

园里的水泥小屋外面，偷偷观察着波莉。她喜欢蹲在小屋的窗户外面，偷听里面说什么。就在这个特殊的夜晚，她听到了一些令她毛骨悚然的话。波莉把熊崽放到了床上，给他盖好被子，和他道了声晚安，这时她听到波莉说："他们会来的，我向你保证。"

"你是怎么知道的？"小熊问道。

这时，波莉犹豫了，斯内尔夫人抬起头，透过玻璃向里面窥视着。

"因为，他们离这儿不远了。"波莉最后说道，"他们几乎就要到这儿了。"

斯内尔夫人可以看到当波莉说这些话的时候，她的手不停地颤抖着。

斯内尔夫人紧贴着潮湿的墙壁，希望可以听到更多……

"布布，你只需要再等一段时间。"波莉说，"我听到了他们，我真的听到他们了，我知

道他们会过来找你的，你必须有耐心。"

斯内尔夫人的心脏因紧张而猛烈地跳动着，她确定他们在谋划着什么，那个女孩……斯内尔夫人知道这个女孩一定会带来坏消息！最好让她马上走人——不能再让她和熊崽单独相处了。

"波莉！"她吼道，走到水泥小屋的门前，"波莉，你快出去！现在闭馆了！"

波莉听到斯内尔夫人的声音，跳了起来，临走之前，再次看了熊崽一眼。

他已经睡着了。她慌忙和他吻别，然后离开，克拉立在她的肩上。

波莉离开之后，斯内尔夫人也离开围场，走到门口，看到有两个警卫睡眼惺忪、疲惫不堪地站在那里。

"你们就这样睡着了！"她大叫道，"难怪波莉谋划着要偷我的熊崽！你们被解雇了！立刻！马上！马上滚开！"

于是警卫们晃晃悠悠地回家，斯内尔夫人不得不亲自守卫着熊崽，她紧握着拳头抓着一根警棍，狠狠地敲打着栏杆。

"无论谁走到这里。"她大声说着，"无论是熊还是人，我都在这儿等着，任何人、任何动物都不能越过我的警戒！"

动物园的大门关闭了，只有主入口的警卫留在了那里，斯内尔夫人独自一人守护着熊园，独自一人。

月亮在天空中越升越高，长长的影子歪斜在草地上，小镇里

没有任何动静，动物园里的动物们打着呼噜，打了个瞌睡，翻了个身，斯内尔夫人站在那里，在黑暗中皱起了眉头。

第 14 章

　　对于波莉来说，这又是一个无眠的夜晚。野熊们的声音似乎比往常更响亮了，他们的咆哮声在她周围回荡着，低沉而轰鸣，她很高兴第二天的早晨终于来了，她立刻起床，赶往动物园。

　　她一路上跑着——沿着街道，一直跑到山上，她看到山下蓝色的灯光闪烁着，波莉抵达大门时，看到动物园外乱七八糟地停着警车。站在入口处的是警察而不是警卫，大门上挂着一条警戒线，上面写着"禁止通过"。

　　波莉感到恐惧席卷了全身，她想进去，但是警官让她亮明自己的身份，她想搞清楚到底发生了什么，然而警官只是解释在围场里发生了一起

意外。警官刚允许波莉进入动物园，她就径直跑到了熊园。

　　围场的入口也挂着警戒线，那边有很多警察，有些在成对地巡逻，有些则无所事事地站在那里，但是有很多警察从头到脚穿着白色的工作服，检查着地面，把小东西放进塑料袋，上面写上了标签。波莉猜测他们是法医小组，就和她在电视上看到的那样，在搜集重要的证据。不过他们要搜集什么证据呢？到底发生了什么？

终于，波莉看到斯坦在和警官交谈，她向他跑去。

"啊，波莉。"斯坦说道，转向了警官，"这是我的外甥女波莉·帕可尼诺，一直由她照看着熊崽。"

"小姑娘，早上好！"警官打招呼道。

"布布都还好吧？"她大声说，"到底发生了什么了？布布还安全吗？"

斯坦把胳膊搭在波莉的肩膀上，"布布很好，"他说，"完好无恙，是斯内尔夫人出了问题。"

"她怎么了？"波莉说，"她做了什么？"

"波莉，不是她做了什么，而是她发生了意外。恐怕，情况相当糟糕。"斯坦说。

"确实相当糟糕。"警官同意道。

"到底是怎么回事？"波莉问，"告诉我！快告诉我，斯坦舅舅！"

有那么一会儿，她很担心斯内尔夫人进入了熊园，布布袭击了她，或者发生了类似的事情，尽管她相信这种事不会发生。

"我不想让你恐慌，波莉。"斯坦说道，"一切都在控制之下，如你所见，我们绝对安全。"他向周围的警察打着手势，"不过我要告诉你昨晚野熊到了这里……而且……斯内尔夫人失踪了！"

"失踪了！"波莉大声叫道。

"和那只猫一起失踪了。"警官补充道。

"普迪乌？"波莉问。

"是的，波莉，恐怕是这样的。"斯坦说，"那些野熊一定进入了熊园，他们发现斯内尔夫人和普迪乌在外面……于是他们……"他咽了一口唾沫，"他们……哦，波莉……"

　　波莉不需要他说完这句话，她看了看大门，上面布满了抓痕，看起来就像野熊想把门撕断一样。波莉感到非常难过。

　　"有人看到什么了吗？"当她从最初的震惊中缓过神时，向警官问道，"你们看到什么痕迹了吗？"

　　"目前没发现，小姑娘，但我们小组正在努力破解这个谜团。"警官说，"你最好过去看看熊崽怎么样了。"

　　"我可以吗？"波莉说。

　　"快去吧！"斯坦说，"我今天早上看了看他，但我知道他很想见你。"

　　在她前去看布布之前，波莉仔细地留意了一下大门上面的抓痕，上面的痕迹和针一样锋利。

　　"斯坦，这些抓痕看起来有些奇怪，就像一幅画一样。"她说。

　　"太可怕了！几乎不忍直视！"斯坦说，

"现在，你快去看看
布布怎么样了，好
吗？"

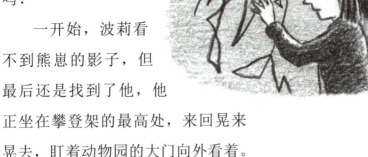

一开始，波莉看
不到熊崽的影子，但
最后还是找到了他，他
正坐在攀登架的最高处，来回晃来
晃去，盯着动物园的大门向外看着。

波莉意识到他可以一直望到野熊丛林。

"布布，你好。"她说，"你要下来吗？还
是我上去？"

熊崽沿着他坐的平台动了动，给波莉腾出了
地方。她小心翼翼地爬上了攀登架，坐在熊崽旁
边，向外看着。

"我想回家。"他叹了口气道，"我想要妈
咪……妈咪在哪里？为什么他们不来接我走？"

波莉屏住了呼吸，心想是否告诉熊崽野熊们

已经来过两次了。如果熊崽得知野熊们离他很近，但两次营救都失败了，会不会感到非常沮丧？她该如何向他解释发生在斯内尔夫人和普迪乌身上的事？也许，最好什么都不说，她这么想到。

　　"布布，我会送你回家。"她说，"我保证，一定会想到什么办法。"

　　熊崽斜靠在波莉身上，她用胳膊搂住了他。"不要担心。"她说，"一切都会好起来的。"

　　她希望自己说的话要比感觉到的更有说服力。

第 15 章

随后，波莉去找斯内尔先生，看她是否能帮上什么忙。她看到斯内尔先生在办公室和警探待在一起，他陷入了悲痛之中，一边哭着一边用纸巾擦着鼻涕。

"他们怎么能？他们怎么能这么做呢？"他哀嚎着，"噢……"

波莉向警探介绍了自己，他们俩都在一旁看着斯内尔先生在书桌的顶层抽屉里乱翻着，不知道该说些什么。

"我把它放哪儿了？哦，我把它放哪儿了？"他哭喊着说。

他把抽屉全都拉了出来，里面的东西都倒在了地上。撕破的票据、咬坏的钢笔、发霉的领带、糖纸，还有一副破碎的眼镜，都在地上乱飞着，终于他找到了自己要找的东西，这是一张破烂的照片，斯内尔先生把它紧紧地抱在胸前。

"先生，那是你夫人的照片吗？"警探问道，"我可以看看吗？这对我们的调查会有帮助。"

斯内尔先生只是把这张照片握得更紧了。"这是我所剩的唯一的东西了。"

警探同情地叹了一口气。

"斯内尔先生，"他说，"我明白你很难接受这一切，但是我们需要你妻子的近照，或者关于你妻子外貌的详细描述。"

斯内尔先生呻吟道："美丽柔软的头发，浅金色的，有一些条纹……"

"非常好。"警探带着鼓励的口气说，他在笔记本上记录着，"眼睛是什么颜色？"

　　"绿色的。"斯内尔先生说，"耀眼的绿色，像宝石一样闪着光，还有一双完美的耳朵，一双非常美丽的耳朵……"

　　"两个特征，非常好。"警探说道，"还有哪些显著的特征呢？"

　　"可爱的长长的眼睫毛。"斯内尔先生的眼

神显得遥远而又空洞，"还有我见过的最长的胡须。"

"胡须？"警探说道，他看起来一脸困惑。接下来他突然意识到了什么。走上前去，想从斯内尔先生手里拿走这张照片，但是斯内尔先生躲开了，靠在椅背上，整把椅子都倾斜了，他摔倒在地上，腿在空中乱蹬着，他的样子让波莉想起她之前救过的一只昆虫。警探从他的手里夺过照片。

这不是一张关于斯内尔夫人的照片，而是一张猫的照片。

斯内尔先生跳了起来，然后笔直地端坐着。"你们一定要找到他！"他大叫着，再一次被泪水淹没了。

"斯内尔先生！"波莉说，"您应该帮助警探找到您的妻子！"

斯内尔先生从警探的笔记本里抽回那张关于普迪乌的照片，然后把它塞到自己的上衣兜里。

"是的，是的，无论如何，波莉。"他喃喃道，"你想做什么就做什么，帮助警探，谢谢你，非常感谢你！"

他站起来，为他们打开了门。"面谈10点06分结束！"斯内尔先生厉声说道。

他们走出去时，警探朝波莉扬起了眉毛。斯内尔先生关上了他们身后的门。

第 16 章

要是警察发表什么声明的话，也许阿布维尔小镇的人们就不会感到那么焦虑了。事实上，所有人都看到警车在山上疾驰，听到了警笛鸣响。人们都知道动物园里发生了意外，但他们不知道具体是什么事。小镇里到处都散布着关于野熊的各种谣言。它们像一群蜜蜂一样在小镇上空聚集成一片乌云。

再也没有人敢外出了。白天，没人敢去商店购物，晚上更不敢去餐馆吃饭了。

帕可尼诺夫妇的生意并没有受到影响，因为他们经营的餐馆位于另一座小镇上，那里没有动物园，也没有野熊的问题。他们早上很早出去，晚上很晚回来。但是对于阿布维尔的其他人来说，事情就不一样了。甚至动物园最后的保安都放弃了自己的职责。斯内尔先生没有给他们发工资，他们觉得不值得白白冒生命的危险。整个小镇都很安静，没有人再去动物园参观。

那只可爱的熊崽对小镇的人们失去了吸引力。他那可爱的嘴巴、闪亮的鼻子、一闪一闪棕色的眼睛都失去了魅力。毕竟，他是一只真正的熊，而不是一只泰迪熊。长大后他会成为一头真正的野熊。

此时，克拉显得很不安，一有微小的动静就会跳起来，可怜的波莉比往常更焦虑。布布很不开心，她知道野熊再一次返回小镇只是一个时间问题。她当然不想让小镇的任何人受到伤害，于是她做出了一个决定。她没有其他办法。

第 17 章

"我要去野熊丛林把布布送回去！"波莉告诉斯坦说。

斯坦一开始什么都没说，但最终他缓慢而又悲伤地点了点头。"我感觉你一定会这么说的。"他把手放在了她的肩膀上，"真不想你这么做，我希望可以和你一起去。"

"但是，您不能离开那些动物。"波莉坚决地说道，斯坦比之前更伤心地点了点头。

"你必须把熊崽放在丛林边缘，千万不要亲自进去。把他留在那里就好，野熊们会自然找到熊崽的。然后你直接回来，好吗？"

由于没有警卫守在动物园入口，波莉很容易把熊崽带到动物园外，没人阻止他们，也没人检查他们。动物园里几乎没有其他人了——除了斯坦之外，他站在出口处和波莉说再见，给了波莉一个帆布背包。

"里面有一些东西。"他说，"水、薯片、巧克力、橙汁、一把剪刀、一根绳子……"

"谢谢您，斯坦舅舅。"波莉说。

小熊崽兴奋地踮着脚上下跳来跳去。"回家！"他不停地说，"回家！回家！回家！"

"不要忘了，"斯坦说，"把他留在丛林边缘就好，然后扭头径直回来，保证？"

"保证！"波莉说。

"你最好戴上这个。今天天气很热，不要中暑了。"他把帽子戴在波莉的头上，然后亲了她一口，又拥抱了一下熊崽，和他说再见。

波莉、克拉还有布布穿过阿布维尔小镇走下山坡，克拉在前面飞着，然后又俯冲回来立到波莉的肩膀上。当他们路过安有蓝色灯光的警察局的时候，波莉寻思那里是否有人在解决斯内尔夫人的案子，不过看起来并没有。

121

第 18 章

天空就像一个浅蓝色的瓷碗倒扣在漆黑的湖面上，浓密树木的倒影反射在湖面上，像一条黑色的丝带。一切看起来都很静谧。甚至布布和克拉都停止了交谈，波莉似乎好久都没听到野熊的声音，从斯内尔夫人离开的那晚起，他们的沉默令人不安。他们现在在做什么呢？也许——一想到这些她就不停地发抖——也许这些野熊就像狮子和老虎一样，一顿美餐之后就睡着了……

波莉从来没有离野熊丛林这么近。她看到小路沿着水面蜿蜒地延伸，在丛林深处的岔路口消失了。他们依然有很长的路要走——已经沿着小湖走了一半了——波莉的心在胸膛里激烈地跳动着。克拉也不喜欢这里。他们走得越远，熊崽就变得越来越不安。

"回家！回家！"他哑哑地叫着。

"不要傻了，克拉！"波莉说，"我们得送布布回去。"

这只乌鸦立在波莉的肩膀上，两只爪子来回地弹跳着，摇着头说："不是乌鸦的家！"

"也不是我的家！"波莉说，"但我们不得不这么做！那么，你决定帮助我吗？"

这只乌鸦一声尖叫，展开翅膀盘旋而上，接着又俯冲下来，再次立到波莉的肩头。他用头蹭着她的身体，用喙蹭着她的耳朵。

"愚蠢的老乌

鸦。"波莉说，但是有克拉在身边，波莉
感到勇敢了很多。

这时，她眼角的余光里看到什么东西
在他们身后移动。看起来像一个稻草人奔
跑着、跳跃着又奔跑着，他的胳膊在空中绕着圈。

"等一下，波莉！等一下！"这个东西大叫
道。

波莉的心一沉，是斯内尔先生。

小熊崽看了斯内尔先生一眼，拉
着波莉沿着小路跑了起来，克拉向
斯内尔先生发起了攻击。从高处俯冲
下来，用喙啄他的头部，斯内尔先生
尖叫着，用拳头击打着克拉。

"波莉！波莉！波莉！等一下！"
斯内尔先生尖叫道。

他跳向了她，扑倒在她的脚下，
抓着她的脚踝。"你不能走！"他

发出了乱七八糟的声音，"你不能丢下我一个人走！我要找到普迪乌！"

"但是，斯内尔先生，我们只打算把熊崽送到丛林的边缘处。"波莉说。

"不行！"斯内尔先生发出嘶嘶的声音，"我们必须找到普迪乌！"他紧紧地抓住波莉的脚踝。

"不可能！"斯内尔先生再一次发出嘶嘶声，"我们必须找到普迪乌！"他把波莉的脚踝抓得更紧了。

"太危险了！"波莉说，想到普迪乌现在可能已经死了——被吃掉了——反正他早早地就不见了。她咽了一口唾沫，把这个想法从脑海里驱赶出去。

"如果你不让我和你一起去的话，我就把这只熊带回动物园！"斯内尔先生大声叫道，他跳起来，扑向布布，熊崽发出了一声尖叫。

"好吧！好吧！斯内尔先生！"波莉大喊道，"您可以跟着我们！"

他是她现在最不需要的人，但她没有其他办法。

他们继续向前出发，斯内尔先生哼着歌，歌词只有他一个人能听懂。波莉注意到他穿了一双配错颜色的鞋——一只是黑色的，一只是棕色的。他的裤子看起来好像是别人的，比他的身高短了几英寸，用绳子系在腰上，他的头发都竖了起来。克拉对他竖起的头发非常着迷，不停地俯冲到斯内尔先生的头顶上。

"别动他！"波莉发出嘶嘶声，"希望今天

你能理智点。我觉得斯内尔先生的状态不太好，我们必须对他友善些。"

克拉不满地尖叫了一声，又落在了她的肩膀上。

布布时不时地扫视着斯内尔先生，克拉在前面飞着，定期绕回来，一直为他们探路。沉默是诡异的。波莉觉得这样的沉默要比她听到的野熊的咆哮声更加令人难以忍受，即使她现在看不到野熊，但感觉被监视着，还得走半英里才能抵达野熊丛林。

第 19 章

他们绕过湖边时，太阳已经升到了最高点，无情地照射着他们，波莉很感激自己戴着斯坦的帽子。

斯内尔先生没有戴帽子，波莉注意到他的脸晒成了红色。他越走越慢，她最后一次看他时，斯内尔先生远远地落在后面。波莉再一次扭头看斯内尔先生走到哪儿时，发现他不见了！她沿着小路向远处张望，发现他躺在地上，一半浸没在水沟里，一半躺在水沟之外，张着嘴巴，打着鼾声。

"斯内尔先生！"波莉说着，朝他走去。

斯内尔先生像弹簧一样笔直地坐了起来。

 129

"准确无误！"他说道。然后他跳起来，整了整自己的衣服。

"准备好了吗？"波莉问。

"感觉有点滑稽。"他喊道，仿佛波莉离他很远一样。

"您可能中暑了。戴上这顶帽子。"

斯内尔先生戴上了帽子，这时他注意到布布，仿佛第一次看到他一样。"野熊！"他尖叫道，"野熊！野熊！"

布布吃惊地后退了几步。

"请不要伤害我！"斯内尔先生倒抽了一口冷气，"求你了！我保证一定会好好表现的……只是，不要再伤害了……求你了！"他浑身上下颤抖着。

波莉强迫自己把手搭在他的肩上："好吧，好

吧，斯内尔先生，不要担心，一切都很好，他不会伤害你的。这是布布，您记得吗？我们要送他回家。"

斯内尔先生吸了吸鼻子，他的眼睛里噙满了泪水，用胳膊紧紧地抱着波莉。

"普迪乌！"斯内尔先生大声叫道。

"一切都很好，斯内尔先生。一切都会好起来的。"波莉说，"我们会找到普迪乌的，已经不远了……"

"哦！普迪乌！"斯内尔先生又哀嚎了一声。

"斯内尔先生，"波莉用命令的口吻说，"我们现在离野熊住的地方越来越近了，我们到达那里后，希望您按照我说的去做，

但愿我们遇不见野熊。
要是我们真的遇到了，
请您让我来和他们交
谈，我可以和他们
交流。"她解释道，
"他们会理解我的，我也
可以理解他们。"

"不要这么荒诞！"斯内尔先生反驳道。

"我没有荒诞。"波莉耐心地说，"这就是
我做的事——和动物们说话。"

斯内尔先生朝着波莉皱着眉头："我都不知
道你是谁！才不管你要做什么！"

"您真的是这个意思吗？"波莉问，努力掩
饰着她的焦虑。

斯内尔先生看起来状态真的很不好，但是现
在没有时间担心他。"斯内尔先生，我们马上要
去找普迪乌。"波莉说，希望这个猫的名字能再

次发挥它的魔力。确实如此。

斯内尔先生的脸露出了喜色："普迪乌！噢，普迪乌！他现在在哪儿呢？"

"可能在丛林里。"波莉说，"如果我们走到丛林那边，您可以呼唤他的名字，要是我们幸运的话，他会回到我们身边，我们就把布布放在那儿，然后回家。但是您必须按我说的去做，否则我们将暴露在危险之中。也许，我们还能找到您的妻子，很可能她也在那里，我们只需要呼喊她的名字，明白了吗？"

"不，不，不，不，不管她！"斯内尔先生小声说道，"波莉，只要叫那只猫的名字就好了。"他看起来非常不舒服，也很焦虑，波莉没

有心情反驳他。

现在野熊丛林离他们越来越近了。布布摇摇晃晃地走着，兴奋地吱吱叫着。波莉寻思他是否能够找到自己的家人。茂密的荆棘在树丛之外围成了一堵厚厚的墙，里面的树丛显得黝黑而又稠密。走在树丛里感觉很冷，仿佛冬天一样。

小路变得越来越崎岖，地面上到处都长满了荨麻和蓟草。不知还要走多远呢？前方有一片树林，多刺的灌木丛和缠绕在老树桩周围的荆棘丛就像一堆堆带刺的铁丝网围绕在树林边缘，波莉心中被监视的感觉越来越强烈了，在黑暗中有野熊等待着他们吗？

"我们现在安静地走着。"波莉小声说。

她强迫自己继续往前走，尽管她整个身体都强烈地要求她回去。

但是布布很兴奋，他的眼睛明亮而敏锐，他的鼻子上上下下地嗅着，仿佛嗅到了丛林中树木

拯救小熊的波莉

的气味——这是家的味道。

"快点！"他发出了吱吱的声音，拉着波莉向前走。

"不，等一下，布布。"波莉停了下来，此时，她感觉仿佛全世界的温度都消失了，参天大树在他们身上投下了寒冷的阴影。她朝黑暗中望去时，她想，他们已经走了两百米了。

"我们不能继续向前走了。"波莉说，熊崽又拉了一下她的胳膊，"不，布布，对不起，但是我向斯坦保证过，斯内尔先生，您可以在这里呼唤普迪乌的名字，看他是否过来吗？"

斯内尔先生踮起脚，迈着巨大的步伐继续向前走着。

"斯内尔先生！"波莉说，"快点回来！我们必须在这儿停下来！"

"如果你想停下来的话，那你就停下来。"斯内尔先生转过头来说道，"你可以抛弃我的普

 136

迪乌，我可怜的亲亲普迪乌，你可以放弃我的妻子，我才不在乎呢！如果你想的话，也可以抛弃那只可怜的、无助的熊崽，你就是这样的人，波莉……"

他没有放慢自己的脚步。

"也许，你就是这样的人。"他又说了一遍，这一次用令人恼火的唱歌语调说道。

"我们回家吧！"克拉大叫道。

"哦，克拉！"波莉说。

她低头看了看熊崽，他真的很幼小——只是一个崽子，然后她又看向前面漆黑的丛林。

"回家！"克拉坚持说着。

"哦，克拉！"波莉继续说，想到了她对斯坦的承诺，但是丛林如此漆黑……要是布布迷路了，该怎么办？"对不起，我不能把小熊崽留在这里。我们必须继续向前走。"

第 20 章

在周围弥漫着死一样寂静的丛林中，他们继续往前走着，每走一步都嘎吱嘎吱作响。爬过荆棘和缠绕的藤蔓构成的路障之后，他们发现自己来到了一个与世隔绝的地方，周围的一切仿佛都已经死亡了，或者正在死亡。空气感到非常潮湿——这种潮湿可以渗透皮肤——周围几乎没有任何光线。头顶的树枝紧紧地交错在一起，看起来就像大教堂的穹顶。地面上厚厚地铺了一层死苔藓和地衣，而且还到处散布着巨大的黑色断枝和古老树干的尖刺。

波莉、斯内尔先生还有布布在丛林里跌跌撞撞地走着，有些时候，不得不用脚感知前方的道路。布布看起来真的很高兴，波莉一直在想自己是否该将布布留在这里。

终于，树木的形状看起来清晰了很多，枝干也裸露了出来，隔着相等的距离，笔直地排列着。他们的脚下踩着松针铺成的道路，树枝的枝干也越来越高，尽管一层又一层地交错在一起，但是有更多的光线透过树干缝隙扫射在地面上。

小路完全是笔直的，没有弯曲，甚至都没有拐弯。这是一条彻彻底底的笔直的道路，把他们引向丛林深处。我们完全被树丛吞没了，波莉这么想道，这里太诡异了，一切突然变得这么整齐，道路看起来好像被打扫过一样。在一棵树倒下的地方，整整齐齐地堆放着一堆原木，接着波莉注意到了什么，突然心中升起了一阵强烈的恐惧。其中一棵树上挂着一个旧野餐篮子。

"把野餐篮留在这儿，简直太滑稽了！"斯内尔先生说。

对于波莉来说一点都不滑稽。她想到了斯坦跟她讲过的那个来野熊丛林野餐的一家人的故事，不由得不寒而栗。野熊的陷阱一定就在附近。

"布布，你知道那个洞在哪里吗？……那个陷阱？"她小声说，"你知道它在哪里吗？"

布布耸了耸肩，在她前面蹦蹦跳跳地走着，显然不知道她在说什么。

"斯内尔先生，小心点！"波莉说，"看好你要走的路……这里某个地方有一个巨大的洞，我们不能掉进里面！"

他们放慢了脚步，开始小心翼翼地跋涉着。

过了十分钟，波莉寻思他们该向哪边走去，又过了十分钟，她怀疑自己是否走错了地方。野熊们真的住在这里吗？

"布布，你记得这片丛林吗？"她问，"你

之前在这里住过吗？你能认出这里的一切吗？"

　　小熊崽咯咯地笑了，朝波莉咧着嘴，他把手臂举过头顶，上上下下地蹦跳着。"当然！当然！"他吱吱地叫着。"哦！克拉！"波莉叹了口气说，"这条路有尽头吗？我们……能够……哎哟！啊啊啊！救命！"她大声叫着，脚下的地面开始塌陷。

　　她尖叫着！斯内尔先生尖叫着！布布尖叫着！

　　他们掉了下去……向下沉没一般……掉到了洞底……

第 21 章

里面漆黑一片，漆黑一片……

"哑！哑！"克拉在他们上方很远的地方惊恐地叫着。

"救命！"波莉大喊道，"克拉！救命！做些什么！"

她慢慢站了起来——她没有受伤——在黑暗中伸出了胳膊，她的指尖摸到了周围干燥的、长满苔藓的泥土。她绕着这个洞转了一圈，觉得这就是故事中提到的那个洞，他们怎么能没注意到这个洞呢？

"太愚蠢了！我们简直太愚蠢了！"波莉大

喊道，"现在，我们真的遇到麻烦了。"

当她的眼睛适应了黑暗之后，看到长满苔藓的陡峭的洞壁一直向上延伸，他们上方很远很远的地方有一轮灰色的光圈。

"克拉！"她绝望地喊着，"克拉！你在哪儿？"

如果这个时候克拉回应的话，波莉根本什么都听不见。因为斯内尔先生开始呻吟，一开始声音很小，后来变得越来越高。

"嘘。斯内尔先生，请您小声点。"波莉说，"安静一会儿，我才能听到外面的声音。"

"我根本安静不下来！"斯内尔先生号叫着，"我必须从这里出去！"他摇摇晃晃地乱抓着洞壁，这时，石头雨点般地滚落下来，砸在他们身上。

"啊唷！啊唷！啊唷！"布布尖叫道。

突然，斯内尔先生又大叫了一声，他摔到了

波莉身上，接下来小石头像雪崩一样滚落下来。其中一块石头打在了他的头部，他立刻安静了下来。

"斯内尔先生……？"波莉说，"斯内尔先生！您还好吧？"

他没有回复，昏了过去。

波莉把熊崽拉到她的身边，用胳膊搂住了他。"布布，我们现在该怎么办？你知道该如何出去吗？"她小声说。

正在这时，他们头顶发出了一声尖叫，这是克拉的声音。

"他们来了！"他大叫道，"他们来了！"

波莉僵在了那里。她完全知道克拉是什么意思。

熊崽开始激动

地颤抖着，他仰起头，发出了一连串短促而尖锐的叫声。波莉从来都没有听他发出过这种声音，他听起来像是一头真正的熊——而不是之前认识的熊崽，她感到非常、非常恐惧。

第 22 章

　　波莉可以听到她的心脏扑通、扑通直跳的声音，熊崽的叫声也变得越来越刺耳和尖锐。他们头顶响起了其他噪声——深沉嗓音以及沉重的脚步声。

　　波莉紧紧地靠在洞壁上，眯着眼睛向上看着。她能感觉到湿暖的空气扑面而来，带着一股难闻的气味，这是野熊的呼吸！她看到了一头野熊的巨大头部和宽阔的肩膀的轮廓——他用那巨大的嘴鼻搜寻着他们，左右来回嗅着。她恐惧极了，紧紧地抓着布布。

"我在这儿！"熊崽尖叫着，"救我！救我！"

他们头顶的野熊咆哮着，布布在波莉的怀抱里疯狂地扭来扭去，终于挣脱了她的怀抱。他开始沿着洞壁向上爬着，当他爬到顶部时，一只毛茸茸的胳膊伸进洞里，将他抱起。

波莉成了独自一人，和斯内尔先生待在一起。

与此同时，野熊们发出了更大的噪声——他们嚎叫着、咆哮着，布布也兴奋地尖叫着——波莉无法听清楚他们在说什么。接着周围的一切又都安静下来，那些野熊离开了吗？请让他们都走开吧！她悄悄地祈祷着。

但是哪种情况会更糟糕呢？被遗弃在洞底，慢慢地

腐烂致死，还是被拉出来吃掉呢？布布当然会和其他野熊解释清楚，不是吗？布布肯定会告诉野熊们她试图帮他回家吧？

突然，洞顶又传来一声凶猛的咆哮声，波莉颤抖着。

"斯内尔先生！斯内尔先生！"她小声说，用脚戳着他，"醒一醒！"

洞壁开始摇晃，鹅卵石像雨点一样砸落下来，她什么都看不见。她感到什么东西抓住了她的肩膀和腰肢，波莉咽了一口唾沫。这是一只手掌。一只巨大的野熊手掌，长着粗糙的肉垫和尖

利的长爪。这只手掌很容易把她捞了起来，把她拉到洞口外面，仿佛她是一条银色的鱼一样。

她紧紧地闭着双眼，当她被带到日光下时，感受到了气温的变化。她的脸接触到外面的空气，手触摸着丛林干燥的地面。

她最终睁开眼睛，向上看去，她的目光落在了两排闪闪发光的、完美洁白的牙齿上。

第 23 章

两头熊用凶残、深色的眼睛直勾勾地盯着波莉看。他们看起来相当生气，其中一头熊低沉地咆哮着。

一头较大的熊抓住了她的腰肢，把她从地上提了起来，带着她在树丛里走着。波莉扭动着身体，来回蹬着腿，但是这头熊紧紧地抓着她，她想张开嘴说话，不过她太害怕了，一个字都吐不出来。这头熊抓得她几乎都不能呼吸。

一片什么黑黑的东西贴在波莉脸上，是克

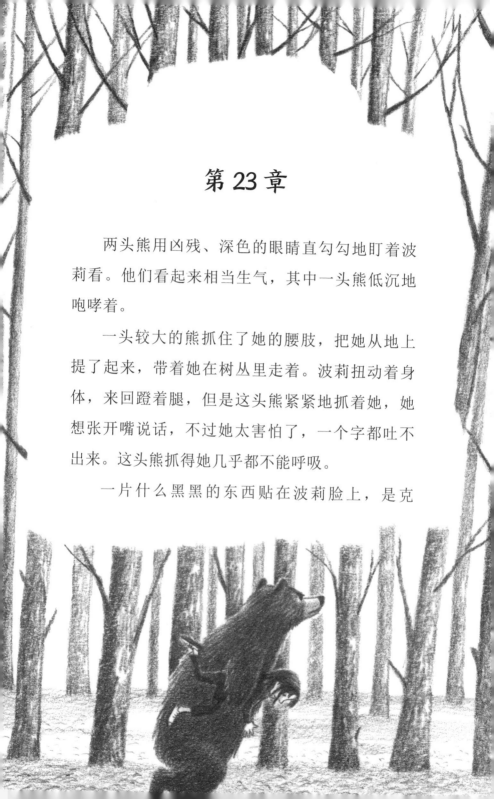

拉。他朝野熊猛扑过去，他的喙张开又合上。但是野熊根本没有慢下他的脚步。克拉再一次猛扑过去，低旋着，冲向那头巨大的熊。野熊没有理睬他，一脸阴郁地继续向前走着，另一头熊跟在后面，把斯内尔先生从洞里拖出来，扛在肩上。

"等一下。"波莉大叫道，"停下来！让我解释一下！"

野熊没理睬她，认定她就是敌人。他们认为是她拐走了熊崽，他们怎么能不这么想呢？他们可能憎恨所有的人类。或者他们根本不在乎任何人，只想吃掉她和斯内尔先生。

布布去哪儿了？他的父母把他带走了吗？波莉知道布布可能是他们现在唯一的希望。要是有机会和他说话就好了。但是现在丛林如此广袤，布布可能在这里的任何一个地方。也许她再也见不到他了。

他们越走越远，到了丛林深处。

"这座丛林简直要把我吞噬掉了。"波莉大声说道，"我马上就要被这座丛林吞噬了。"

斯坦告诫过我不要踏入野熊丛林，她想到。我应该听他的话，哦！斯坦，对不起……当波莉想到父母时，感到一阵揪心的痛。可怜的妈妈和爸爸，他们一定会非常难过……他们唯一的孩子将会被野熊吃掉……就在这时，她听到了声音，波莉抬起头，看到他们来到一片空地上，空地的另一边，有一大群野熊站在那里。这群野熊的身材和体积各不相同，带着波莉的野熊走到这群野熊身边时，每头熊都朝他点了点头。

波莉靠近这些野熊时，心里数着他们的数量，但她的注意力被什么吸引了……一顶帽子——其中的一头熊戴着一顶大软帽。波莉立刻辨认了出来！这是斯内尔夫人的帽子。她注意到另一头较小的熊戴着一个手镯，看起来也相当熟悉。她之前在哪儿见过呢？

就在这时，斯内尔先生也认出了这个手镯，他开始尖叫道："这是我的猫平时戴的项圈！他戴着我的猫的项圈！他们把我的猫给吃了！"

这时，波莉意识到那头熊戴着之前普迪乌戴在脖子上的项圈。

波莉感到她几乎要晕了过去。如果她想要任何证据的话，这就是。斯内尔夫人和那只猫已经被野熊们给吃掉了。野熊真的是极其可怕的、嗜血成性的动物……而且残忍无情。因为布布，她一直不愿意相信这是真的，但是现在她相信了。

她从来不喜欢斯内尔夫人 —— 或者那只猫——但是他们死得好惨。没有人该这样死掉，她感觉自己马上要哭了。她用指甲使劲掐着自己的胳膊，从来没有感到像现在这样害怕。

一直抱着波莉的野熊扑通一声把她放在地上，波莉好不容易双脚触地。当她抬头时，看到从树丛里又来了另一群野熊，走在最前面的野熊

手里拿着鼓，一直用缓慢的节奏敲着这个鼓。看到这一场景让人颇感意外，波莉感到一阵阵寒意向她袭来。

一头体积最大的熊走在那头敲鼓的熊后面，他的身材如此巨大，在熊群中威严地走着，然后坐在了一把像是王座的椅子上，接着他发出了响亮的咆哮声，波莉的双腿由于害怕而发抖。

第24章

大会安静了下来。波莉站在两头熊中间，感觉自己非常渺小，他们一起面对着巨大的王座。这把王座看起来相当结实——波莉心想只有这样结实的椅子才能承受如此巨大生物的重量。也许，这头熊就是熊王。

有一些熊站在王座的两旁，整齐地排列成两排，其中的两头熊手里拿着一个托盘，一头熊拿着一根木棍，拿着木棍的熊朝前走了两步，用木棍在地上敲击了三下，然后大喊道："举起你们的手掌，向我们的熊王呐喊致敬！"

这群野熊发出了震耳欲聋的咆哮声，那头熊手里挥舞着木棍就像举着一根指挥棒一样，示意他们停下来，接着周围安静了下来。可以听到的

唯一的声音就是波莉身后斯内尔先生发出的单调的呻吟声。

熊王站了起来。"你有什么要为自己辩护的吗？"他这么问波莉。

所有的野熊都把视线转向了她。

波莉张开了嘴巴，但是在她说话之前，斯内尔先生跪倒在熊王脚下，不停地磕着头。

"我的王！我尊敬的陛下！我尊贵的大王！"他倒抽了一口冷气说，"您让我做什么事都行……什么事都行……只要，求求您，求求您，不要吃了我……"

波莉知道没有一头熊明白他在说什么，他们身体前倾，注视着他，一些熊咆哮着，一些熊紧咬着牙关，有的还磨着牙。

斯内尔先生再次说道："我的王！我只是一个卑微的会计，一点意思都没有，一点都不好吃……看看我——这么骨瘦如柴……"

"这个人是谁？"熊王不耐烦地打断了他。

波莉害怕斯内尔先生会让事情变得更糟糕，很显然他已经让这头巨熊感到很不耐烦了，她必须做些什么——至少这些野熊可以听懂她的话，她抬起头，深吸了一口气。

"不好意思。"她说，"您问我有什么要为自己辩护的……"

"说吧！"熊王咆哮着。

波莉再一次深吸了一口气，试图让自己站稳。野熊们在她周围焦虑地移动着，咕嘟咕嘟地喊叫着、咆哮着，斯内尔先生再一次呻吟了起来，熊王把长长的熊爪放在王座的扶手上，上面留下了抓痕。

她再一次试着解释道："我觉得我们之间有什么误会。"

手拿着木棍的野熊再一次成了注意力的焦点，他用木棍敲着地面说："我们走正确的程序！首先！说出你的名字！"

"确实是这样！"熊王同意道，向后靠在他的王座上。

"波……波……波……波莉！"波莉结结巴巴地说。

"波……波……波……波莉？"熊群附和道。

"这个名字真的不一般！"熊王说，"波……波……波……波莉！"

"不，是波莉。"波莉说道，尽量双脚站稳，"嗯……你好吗？"她勇敢地补充道。

　　"我很好，谢谢你。但是这和我们要讨论的没有任何关系！"熊王回复道。

　　整个大会上的野熊依然尖叫着、咆哮着说："波……波……波……波莉！"

　　"安静！"手拿木棍的野熊大声吼道，他们过了一段时间才安静下来。

　　野熊们安静下来之后，熊王又站了起来。

"波……波……波……波莉！"他大吼道，"现在我们谈一谈这个性质极其恶劣的案子。你所犯下的罪行极其严重，我们指控你诱拐、囚禁我们的幼崽。"

"但是，先生。"波莉打断道，"我是无辜的！根本不是我做的！是我把布布送回家……请您一定要相信我！"

野熊们彼此嘀咕着，摇着他们的脑袋。

"我永远、永远不会做这样的事。"波莉说，"我爱布布，要是你们能亲自问布布，我相信他一定会……"

"够了！"熊王说，"由法庭决定你是否有罪。我们会投票的。"

"投票！投票！投票！"野熊们发出了吼声。

"那些认为波……波……波……波莉是有罪的，请举起——"熊王开始说道，但是他还没说完，波莉就听到身后传来一阵骚动。

布布正从几头野熊的大腿之间挤进来，跑向了她。他扑倒在她的怀里，紧紧地抱住了她。

第25章

在布布后面，走来了另外两头野熊，他们也扑向波莉，把她搂在怀里。"我们该如何谢谢您呢？"他们大声说道。波莉意识到他们应该就是布布的爸爸和妈妈。

布布的爸爸松开了波莉，向熊王鞠了一躬，他向大会上所有的野熊说："她是世界上最勇敢的女孩。她做了一件了不起的事！她救了我们的熊崽！"

这个时候，所有的野熊都咆哮着、欢呼着。

"安静！"手拿木棍的野熊大声吼着。

"这是真的吗？"熊王问道，不再那么凶猛

地看着波莉。

"嗯，我不知道自己是不是那么勇敢。"波莉说。

"她是世界上最勇敢的女孩！"布布尖叫道。

"这么说，你没有拐走熊崽？"熊王问。

"没有。"波莉说。

"你没有囚禁我们的熊崽？"

"没有，先生。"波莉说，"我没有囚禁熊崽。"

会场上传来一阵阵窃窃私语。熊王深深地叹了一口气，转向布布说："布布，我知道你还很小，很抱歉问一下，我想知道波……波……波……波莉是否说的是实话。"

小熊崽从波莉的膝盖上跳了下来，面对着熊王说："是的，先生。"

"完全是实话，没有半点虚假？"熊王问。

"是的，先生。"熊崽严肃地回答道。

"好吧，既然这样，究竟是谁绑架了你呢？"熊王问，然后向前探过身来，直视波莉的眼睛，"谁俘虏了我们的熊崽？"

波莉迅速地思考着。她不想让斯内尔先生陷入危险之中。也许，她可以怪罪于斯内尔夫人。她这个时候真是这么想的——如果斯内尔夫人被吃掉的话，波莉提到她的名字不会带来任何恶果。但是，要是她没被吃掉的话，该怎么办呢？她会发生什么事？斯内尔夫妇其实并不是真正俘

获熊崽的人……

　　波莉犹豫了一下，最后说道："我不知道是谁绑架了布布。"

　　"谁囚禁了他？"熊王继续问道。

　　波莉很长时间都没有回话。她不想让任何人被吃掉，但她也不会撒谎。

　　"可能是……嗯……嗯……很可能是……嗯……"但是波莉还没有说完，布布就走到熊王身边，做着手势，告诉他自己有话要说。这头巨大的野熊的身子向前微倾，这样布布就可以在他耳边低语。

　　"斯内尔夫人？你确定吗？"熊王问布布道。

　　布布点了点头。

　　整个会场的野熊都倒抽了一口冷气。波莉寻思为什么布布没有提到斯内尔先生，也许他和她一样意识到，要是没有斯内尔夫人，斯内尔先生根本不会想出这个主意。也许，布布很同情斯内尔先生。任何人都会同情斯内尔先生的——他看起来双眼迷离，非常恐惧，而且很显然他此时已经中暑了。

布布又在熊王耳边小声低语些什么，熊王看向了波莉。

"也就是说这个女孩对你很好，还把你送回了家？" 熊王问。

布布兴奋地点了点头。

"好吧！"熊王说，"波……波……波……波莉，很抱歉，请原谅我们！"

波莉长长地松了一口气，她发现自己依然很难开口说话，但她最终说道："谢谢您，先生。当然可以原谅您了。"

第 26 章

　　熊王从他的王座上一跃而起，他的整个神情都变了，他看起来很放松——事实上，整个会场的气氛都变得不那么紧张了。熊王向两个端着盘子的熊挥了挥手，他们走了过来。他把果汁从一个木罐子里倒进一个木杯子里，然后给了波莉。

　　"你一定很渴了。"他说。

　　波莉感激地接过这个杯子。

　　"谢谢您，先生。"她说，果汁尝起来像花朵和蜂蜜，还带着一股木头的味道。

　　"真的很好喝，先生！"

　　"叫我拉尔

夫。"熊王说。

"好的，希望您可以叫我波莉！"波莉说。

"波莉！"拉尔夫说，"他是谁呢？"

克拉降落在她的肩膀上。

"这是我勇敢的朋友，克拉。"波莉回应道。

克拉爱抚地紧挨着她的耳朵，他们都知道他一开始表现得并没有那么勇敢。

"那边那个人是谁呢？"拉尔夫指着一个胳膊抱着大树，蜷缩成一团的身影问道。两头熊站在他旁边。

"他是斯内尔先生。"波莉说，"斯内尔夫人的丈夫。"

"我说呢。"拉尔夫说道。

"他非常害怕熊。"波莉说。

"就让他

这样吧！"拉尔夫说。接着他朝波莉眨了眨眼。

波莉惊讶地眨巴着眼睛。那真的是眨眼吗？刚才熊王真的朝我眨眼了吗？

"现在，允许我向你介绍一下我的一些朋友。"拉尔夫继续道。

"我不确定你能不能都记住他们的名字！"他领着她来到了一群围成一个小半圆的野熊那

里，"这是泰勒。"

泰勒深深地鞠了一躬。

"这是普希金。"

普希金挥了挥手。

"这是格丽塔。"

格丽塔行了一个屈膝礼。

"她的妹妹，威廉敏娜。"拉尔夫说，"这是格利高里。"

格利高里向前迈了一步，轻吻着波莉的手。

"还有霍奇。"

霍奇鞠了两躬，然后躲在拉尔夫后面。他是这群野熊中最小的一个。

"最后是布布的父母，梅布尔和莫特。"

他们俩都又一次拥抱了波莉。

波莉开始感到不那么害怕了。肯定没有野熊们会吃掉他们正式认识的人。

克拉用喙轻轻地碰了碰她。

"这是克拉。"她对野熊说，"克拉，说你好！"

"你好，克拉！你好，克拉！你好，克拉！"野熊们说道。

"哦！"波莉说，"我是让克拉和你们打招呼！"

"哑！哑！"克拉说。

"哑！哑！哑！"野熊们回应道，笑得前仰后合。

"哑！哑！哑！哑！"克拉大叫道。

"哑！哑！哑！哑！哑！"野熊们咆哮道。

这样的叫声持续了很长时间，直到所有人都记不清楚自己喊了多少个"哑"。波莉说："也许，现在够了，克拉。"

"过来。"拉尔夫说，"过来，布布！我们过来一起庆祝你的回归！"他轻轻地碰了碰波莉的胳膊，"我来护送你，我们打算美餐一顿。"

"美餐？"波莉问，突然再次紧张起来。

"是的，我们要美餐一顿，你一定要加入我们。"拉尔夫说。

"来庆祝！"格丽塔说。

"因为我们真的非常、非常抱歉！"霍奇说。

"非常、非常抱歉！"其他熊说道。

波莉深吸了一口气，在她改变主意之前，快速说道："你们真的很热情。在我加入你们的美餐之前，我必须告诉你们，除了带回布布之外——我明白现在说这个已经太晚了……我的意思是……嗯……当然，这不太可能了……但是……嗯……我们过来也是为了找到那只猫和斯内尔夫人。"

所有的野熊都停下了脚步。

"哦，天呀！"拉尔夫说。

波莉感觉到周围的气氛再次发生了变化。她小声说："这还可能吗？"

拉尔夫不再微笑了，所有的熊都收住了笑容。

"波莉，恐怕我们遇到了一个问题。"他说。

第 27 章

"你们吃掉了斯内尔夫人和普迪乌吗？" 波莉脱口而出道。

所有的野熊都瞪着波莉，他们看起来很震惊。霍奇咯咯地笑了，接着其他野熊也爆发出了笑声。

波莉等待着。她看不出有什么滑稽的地方。他们怎么能因这么可怕的事而发笑呢？

"哦！波莉！"拉尔夫说，"你一直都这么想吗？"

"嗯，是的。"波莉说，"我非常担心。现

在依然很担心……我的意思是，你们把他们吃了吗？"

"不要这么荒唐了，波莉！我们从来不吃人。除非我们到了非常、非常饥饿的时候！"拉尔夫笑了。

"非常、非常饥饿的时候！"其他野熊附和着。

"真的吗？"波莉问。

"真的！"拉尔夫回应道。

"真的！真的！真的！"其他野熊大叫着。

"但是那些故事是怎么回事呢？"波莉说，"关于那些来野熊丛林之后的人们再也没有回来的故事……我是指来

野熊丛林野餐的那一家人。"

"我们救了他们！"拉尔夫说。

"他们掉入了一口古老的井中，是我们把他们拉了出来。这样的事时不时地发生，我们真的需要把真相掩盖起来。"

"真的吗？"波莉问，"你们真的救下了他们？"

"当然！"听到了这个问题，拉尔夫因惊讶而瞪大了眼睛，"我们还能做什么？我们不能把他们留在这儿。"

"但是之后又发生了什么？"波莉问。

"嗯，之后他们在这儿待了一段时间。"拉尔夫回应道，"我们非常喜欢他们，但是最后他们还是得回家。"

"噢！"波莉大声说，"这太好了！噢！谢

天谢地！"

"谢天谢地！谢天谢地！谢天谢地！"野熊
们回应道。

突然，波莉不知道自己究竟想笑还是想哭，但
是她终于可以放松了。尽管，她还有很多疑问。

"为什么那一家人没有和任何人提到你们
呢？他们可以和所有人说你们相当友好，并不可
怕，可为什么他们还继续允许其他人认为你们会

吃人呢？"

拉尔夫挠了挠头："我不知道，波莉，也许他们试图解释过，也许没人相信他们，很难让别人改变自己的想法，而且阿布维尔小镇的人们很长一段时间都很害怕野熊。"

"真遗憾。"波莉安静地点了点头，接着她爽朗地说道，"那么斯内尔夫人和那只猫去哪儿了呢？"

拉尔夫微笑道："不要担心！你会很快见到他们的。他们似乎在这儿过得非常快乐……"他停顿了一下，然后重重地呼吸了一口气说道："稍等。"

"是不是因为她带走了布布，你们很生气呢？"波莉问，再一次吓得浑身发抖，斯内尔夫人的行为的确糟糕，但是波莉不希望她受到伤害。

"嗯，波莉。"拉尔夫说道，"很遗憾知道关于斯内尔夫人的真相。"他深深地叹了一口气，"这本来只是一个简单的交换：用斯内尔夫人和猫换取布布。尽管现在看起来……"

"交换？"波莉问。

"是的，当我们不能进入布布的围场之后，就在门上给你们留了一条信息。"

"哦！"波莉说，想到在门上留下的抓痕和

牙齿咬过的痕迹，"那是一条信息吗？我没有意识到……那条信息很难读懂……"

"你的意思是我的字迹很难辨认。"拉尔夫

又叹了口气说，"但那是我最好的字迹了。"

"好吧……"波莉微笑道，"现在我理解
了。"

　　拉尔夫回以微笑，突然再一次变得严肃起来："我不知道该如何处理斯内尔夫人，她看起来真的……真的很令我们野熊感兴趣。但是……真相是令人震惊的。"

　　波莉很难想象有人会觉得斯内尔夫人很有意思，但是她可以看到此时拉尔夫很沮丧，因而她没有问更多的问题。

　　拉尔夫拉着波莉的手，"我待会儿再考虑斯内尔夫人。"他说，"过来，我们一起好好地庆祝一下！"

　　他们继续向前走着，空气变得越来越温暖了。波莉猜测他们一定到了丛林中央，周围也

变得越来越开阔和明亮。这里长着各种各样的树木——有长着明亮的绿色叶子的阔叶植物，还有开花的灌木丛，有些地方，地面上铺着像地毯一样的野花，花枝之间可以窥视到一片片蓝天。

野熊们带着波莉穿过一座精心装饰的木桥，他们沿着一条小溪走着，这条小溪流入一汪美丽的绿色池塘中，在池塘的另一边是一座小木屋和一个非常大的蔬菜园，那里成排成排地种着生菜和菠菜，鸟儿在树梢上鸣叫着，小小的蓝色蝴蝶在小队伍头顶上空中的云朵中飞舞着。布布跟在克拉后面小跑着，斯内尔先生跟在后面，小心翼翼地保持着一定的距离，头一直低着看地面。波莉可以看到他尽量不引起其他人的注意，同时又焦虑地寻找着他最喜欢的猫普迪乌的影子。野熊们时不时地奇怪地看着他，不过大多时候，他们都忽略他的存在。

小路的尽头长着薰衣草和迷迭香，还有一块空地，上面摆放着两张空桌子。桌子上摆着堆满食物的木盘子和盛满奇异水果的碗，还有一罐罐果汁，每个罐子都用野紫罗兰花装饰着。树枝上挂着漂亮的吊灯，每当波莉看向这些吊灯时，它们都会改变形状，她随后意识到那些吊灯原来是由一簇簇美丽的蝴蝶组成，各种颜色的蝴蝶都有——有成百上千只，或者有成千上万只，在一

束悬挂在那里的紫丁香花朵间飞来飞去。波莉觉得这是她见过的最美的一幕。

她凝视着这里的一切——为宴会准备好的桌子，美丽的蝴蝶吊灯，野熊们友好的面孔，还有头顶上蔚蓝的天空。

"这真是一个美妙的地方！"她说。

第 28 章

有更多野熊来到了宴会上，坐在桌子旁，很快，所有的凳子都坐满了。当看到拉尔夫把布布和他的父母引向其中一张桌子的主位时，所有熊都站起来。

"这个庆典是为你准备的！"拉尔夫对布布说，"我们真的非常、非常想你！"

"非常、非常想你！"所有的野熊附和道，拍着爪子、跺着脚。当他们停下来时，拉尔夫举起他的胳膊说道："现在我们开始享受美食吧！"

波莉坐在普希金和另一头叫作华生的野熊之

间，他们都向她祝贺成功地解救了布布，一些野熊举起他们的杯子，给了她一个飞吻。波莉开心地笑着，环顾着四周寻找斯内尔先生。她花了好一会儿才看到了他，他正倒在附近的一棵树下，因为中暑而睡着了。也许，打个盹对他是件好事，她心想。

突然，所有的野熊都停止了交谈。

什么东西在宴会中央的一张桌子上漫步——正好是波莉坐着的那一张——他一点都不在乎周围的任何人或者任何事，尾巴高高地摇着，眼睛闪着光，这正是普迪乌。当他经过他们时，每只熊都站了起来，简单地鞠了一躬，然后又坐下。这只猫走来，瞥了一眼波莉，尾巴抽动了一下。他的瞳孔眯成了一道细小的黑色狭缝。

"普迪乌！"波莉发出嘶嘶声，"下来！从桌子上下来！"她动了一下想把他抱起来，然而当她要这么做时，华生抓住了她的胳膊。

"你不能这么碰他！"他小声说，"他不喜欢在不经过自己允许的情况下，人们随便碰他！"

普迪乌自我满意地动了动尾巴，接着用爪子抓了一下她的胳膊，悠闲地从桌子上走了下来。

"啊唷！"波莉大叫道。

华生笑道："他的小爪子真的非常可爱，那么小。" 他举起了自己的手掌，让波莉看自己那双巨大的爪子。

"天啊！"波莉说。

"我们的爪子很大，不是吗？"华生说，对于波莉的反应他很满意。

"当然了！"波莉说。

与此同时，普迪乌来到了一个盛着精心烹饪的三文鱼的大盘子旁，这道菜被黄瓜、芹菜和一些带褶边的绿叶点缀着。普迪乌蹲了下来，开始吃着三文鱼。波莉对此感到很生气！

"你们不能让他这么做！"她对华生小声说道，"这真恶心！"

华生只是纵容地朝普迪乌咧嘴笑着。

后面传来了一声大喊，波莉环顾四周，看到斯内尔先生已经醒来，他的眼睛盯着这只猫。"普迪乌！"他尖叫着，"普迪乌！普迪乌！"他的声音突然哽咽起来，泪水顺着脸颊流了下来。

所有的野熊都惊愕地盯着他看，然而普迪乌根本没有反应，他已经不吃东西了，他坐在桌子上，一只腿翘得老高，开始舔自己的爪子。

斯内尔先生扑上前去。"噢！我亲爱的！我的天使！我唯一的朋友！"他呼喊着。

他迫不及待地冲向他心爱的猫，以至于没有注意到空地中间有把椅子，他撞了上去，摔倒在

波莉的脚下。波莉蹲下来，把他扶起来，但是他看起来似乎并不在意，只是爱慕地盯着自己的猫看。

与此同时，那只猫微微地朝着斯内尔先生的方向看去，从桌子上跳下来，慢慢地向他走来。

斯内尔先生伸出了双臂。"到爸爸这边来！"他小声说，"过来，普迪乌！到爸爸这边来！"

普迪乌对斯内尔先生或者任何人都没什么感情，但是他用鼻子在斯内尔先生的耳垂底下蹭了半秒钟，然后悠闲地漫步走开了。这对于斯内尔先生来说已经足够了。他躺在茂密的草丛里，开心地笑着。

　　野熊们继续着自己的狂欢。鸟叫声像口哨声一样起起落落，他们一边听着悦耳的鸟叫声，一边享受着美食，波莉品尝着一些美味的蓝莓和红莓，不由得想这一切都太完美、太和谐了，突然所有的野熊都停止了谈话。

　　所有的眼睛都盯着桌子处远远的一角，波莉也朝那边看去，看到了斯内尔夫人。

第 29 章

斯内尔夫人看起来和以前完全不一样了。她头上不再打着那个古板的法式小结,她的头发如瀑布般垂在了背上。她头戴一顶树枝做的王冠,这顶王冠被树叶和花瓣装饰着,一些罂粟花和鸡尾巴羽毛也从上面伸了出来。她穿着橙色的胸罩和草叶做成的裙子,脖子上戴着一个野花做成的花环。波莉看着她身后的斯内尔先生，他依然在茂密的草丛里，不过他现在是趴在草地上，用胳膊肘支撑着他。他看起来完全被迷住了，他苍白的、多骨的脸上堆满了笑容。

波莉不得不承认斯内尔夫人看起来……好吧……某种程度上，真的很美丽。

很显然，这群野熊照看着她，然而现在，尽管野熊们都盯着她看，但得知斯内尔夫人的所作所为之后，波莉可以感觉到他们的敌意。他们知道她曾经囚禁布布之后，该怎么对她呢？

当布布看到她之后，尖叫着，躲在了桌子底下。

"布布，等一下！"拉尔夫叫道，他抓住了沮丧的熊崽，把他紧紧地抱起来，然后在他耳边低语了很长时

间，终于，熊崽又回到了他父母身边，依然用警惕的眼神注视着斯内尔夫人。

斯内尔夫人似乎对这些毫不在意，开始在宴会上大吃大喝。她吃饭的礼节确实很糟糕，不停地用双手往嘴边送食物，很多食物都掉在了她的

盘子里，有的掉在了她身上。波莉希望野熊们不会认为所有的人类都是这样的，但是这些熊似乎对她很着迷，甚至布布也平静了下来。

"她真的很有意思。"他说道，惊讶地张大了嘴巴。

斯内尔夫人还没有注意到波莉，但当她最终把盘子放在一边，用手背擦拭着嘴巴的时候，低头看向了桌子，她和波莉的眼神相遇了。

斯内尔夫人的嘴巴噘成了一道细细的红线。"你在这儿做什么，你这个小告密者？" 她的嘴里发出了这样的声音，"滚开！"

看到拉尔夫向自己走来，波莉松了一口气。

"你们会拿她怎么办呢？"她小声问他道，"在她对布布做了这些之后。"有那么一段时间，拉尔夫没有回话。"现在是我们该谈谈了。"他最后说道，"你愿意和我散散步吗？"

他抓住了她的胳膊，他们一起漫步在溪边一

片银色的柳树林里。

　　"首先，我想告诉你我们真的非常感激你。"拉尔夫说，"感激你把布布安全地带回来。如果我们可以做什么来报答你的话……如果你想要什么——都听你的。"

"拉尔夫，不要这样，你不需要做任何事情，我真的很开心可以安全地送布布回家。"波莉说。

"好吧，不过我是认真的。"拉尔夫说，"你可以向我们索要任何东西，但是首先我得先和你谈谈斯内尔夫人。"

他们停了下来，坐在了溪边的一把长椅上。

"我想了很久，"拉尔夫说，"觉得最好还是让她留下来。"

"留下来？"波莉呼喊道，她根本没想到熊王会这样说，"你们想留下她？"

"波莉，是的，我们想留下她，出于各种原因。让我解释一下。"他停顿了一下，然后盯着波光粼粼的水面说道，"我们不能让她这么回到小镇，尤其是在得知她对布布所做的一切之后，至少现在不能。想象一下，如果她再做那样的事

该怎么办！我们必须把她留在这儿，这样她不会
再伤害其他动物，还有他们的孩子。"

　　听到这些，波莉不由得笑了。真是松了一口

气！如果斯内尔夫人在这儿和野熊待在一起，那么就意味着动物园里的其他动物也是安全的！

"那么……斯内尔先生呢？"她带着期望的语调说道，"也许，他也能待在这里吧？"

"我想他和斯内尔夫人一样坏，对吗？"拉尔夫说。

"好吧……其实并不是那样坏。"波莉实事求是地说，"大多数时候，他只是服从斯内尔夫人的命令。但是他对动物园里的动物一点都不友善。"

"好吧，那么我们也把他留在这儿。"拉尔夫说。

"还有……那只猫？"波莉犹豫地问，"你们想把那只猫也留下来吗？因为我觉得他也不想回家。"

拉尔夫灿烂地笑着。"我们当然愿意留下那只猫了！"他说，"我们所有的熊都喜欢那只猫！"

波莉开始觉得有些晕晕乎乎了。"但是，你们打算怎么处理斯内尔夫妇呢？"她问。

"啊哈！"拉尔夫笑道，"嗯，我想到了一个绝好的主意！过来！过来看看我的灵感！"

他带着波莉沿着小路走，走到一个翡翠色的
池塘边。一群比较年轻的野熊正坐在水边观望
着，他们的眼睛里充满了渴慕。他们正观看着什
么人潜入水里。这个人正是斯内尔夫人。

第 30 章

波莉简直不敢相信她所看到的一切。即使吃了那么多午饭，斯内尔夫人依然可以像海豹一样游着泳，水珠像水银一样从她的皮肤上滑落下来。当她浮出水面之后，踮起脚站在池塘边缘，她那猩红色的脚指甲就像一颗颗小小的异域浆果。她举起了胳膊，当站到一个完美的角度时，再一次跳入水中，阳光捕捉到她溅起的水花，

一串串水滴变成了一串串闪闪发光的钻石。

"她看起来就像条美

人鱼，真优雅！"波莉吃惊地说道。

"她看起来是不是很棒？"拉尔夫说。

"哦！是的！"波莉同意道，"我从来没想过会是这样！"

"真的吗？"拉尔夫问，"之前我们觉得她一定很出名。"

"哼。"据波莉所知，斯内尔夫人只是因为她的粗鲁和坏脾气而出名，不过她只是这么说道，"她当然会很出名了！"

"她会的，波莉！"拉尔夫说，"她一定会很出名的！"

"您是什么意思？"波莉问。

"这就是我的绝妙的主意！"拉尔夫灿烂地笑着，"我们打算展览斯内尔夫人——就像她对待布布那样！来自全国的野熊都会过来，看她表演！"

"天呀！"波莉说，"不过我觉得她很享受

游泳和潜水。"斯内尔夫人可以做让她开心的事，但是却让布布陷入痛苦之中，这看起来似乎并不公平。

"哦，不要担心！"拉尔夫笑道，"她所需要做的不单单是溅水花这么简单，她还必须得工作，这里每个人都需要工作——我们将把最糟糕的工作留给她。如果她变得友善，就让她改做一些简单的工作，我们也会让斯内尔先生工作，他有什么擅长的东西吗？"

"恐怕没有。"波莉说道。

"好吧，我们会给他找些活干，比如修建围场之类的活。他们会在这儿待得很舒服的，他们会爱上这里的，对吗？"他朝着波莉眨了眨眼睛。

波莉开始笑了起来。"这是您能想到的最好的惩罚！"她说。

"好！"拉尔夫说，"现在我必须离开了，

得把这些事情安排清楚。我已经选择了修建围场
的最好的地方，我的团队已经在那儿开始工作
了。本周我们会让斯内尔夫妇住在里面，他们明
天就得投入工作。一旦步入正轨，我们将举行一
个盛大的首映仪式！"

第 31 章

　　终于到了和斯内尔夫妇说再见的时候。波莉想到和他们说再见是件多么不寻常的事。她这么想着，就这么离开普迪乌，她也并不感到有多么感伤，普迪乌正沿着空地上的小路慢悠悠地走着。

　　波莉看到斯内尔夫人游完泳之后，径直地回到宴会桌子上，吃着一大盘水果。斯内尔先生坐

在她旁边一只手拿着一串葡萄，他摘下了一颗葡萄，把它举了起来。

"张开嘴！"他说，笑得合不拢嘴。

斯内尔夫人顺从地张开了嘴，接住了他扔过来的葡萄。斯内尔先生笑得非常灿烂，他又扔了一颗，又扔了一颗，每颗葡萄都恰好落在斯内尔夫人的嘴里。

波莉想：我不知道他们会有这种天赋！竟然可以这么分享食物！看起来，斯内尔先生格外开心，他几乎用凝视自己最心爱的猫的方式凝视着斯内尔夫人。有时候，他嘴里会轻声地说着一些鼓励的话："聪明的女孩！哦！聪明

的乖乖！"每颗葡萄落入斯内尔夫人的口中，从她的喉咙里滑了下去。

然而，很难判断出斯内尔夫人的感受。当波莉走到他们跟前告知他们自己马上要离开时，斯内尔夫人几乎认不出她来。但是斯内尔先生却用胳膊搂住了她。

"你说的是真的吗——我可以和普迪乌一起留在这里？"他大叫着，然后补充道，"还有德洛丽丝？"

波莉点了点头，说道："是的，这绝对是真的。"

"我从没想过我可以如此快乐！"斯内尔先生说，"你知道离开这只猫我真的不能活，而且我也真的不想再回到动物园里……哦，波莉！一切简直太完美了！从今以后，我会变成一个更好的人！我会努力的！我保证！之前我所住的那个地方有压力……迫使我不得不做些什么事情……

哦，波莉！谢谢你！"

"斯内尔先生，动物园该怎么办呢？"波莉
问，"您打算如何处置它呢？"

"我把它留给斯坦。"斯内尔先生说。

"真的？"波莉问，"您确定吗？"

"我们确定，是不是，德洛？"他问。

斯内尔夫人听到斯内尔先生亲切地叫着她名
字的缩写，做了个鬼脸。

"那个地方……"她几乎要唾弃道，"那个

地方是我去过的最可怕、最肮脏、最贪婪的垃圾场！你告诉斯坦动物园给他了！"她厉声说，"祝他好运！他会需要它的！"

"波莉，你告诉斯坦，"斯内尔先生安静地说，"他是一个好人，一定会成功经营动物园的。"

"我会的。"波莉说，她瞧着斯内尔先生一头乱糟糟的头发，糟糕的衣服，和几乎要变形的瘦骨嶙峋的双腿，一股同情感涌上了心头。他仅仅是无可救药——但他并不邪恶。如果他能够发现斯坦的优点，那么他就不是一个邪恶的人。

"我会告诉他的！谢谢您，斯内尔先生！谢谢您，斯内尔夫人！斯坦一定会非常开心的！"

波莉呼唤着克拉。他降落在她的肩膀上，一起和其他野熊说再见。布布拥抱着波莉，轻吻了克拉。

"我们永远不会忘了你的。"布布的母亲说，"一定要回来看我们！"

拯救小熊的波莉

　　"我会的！"波莉说，"我一定会的！"

　　她知道自己一定会这么做的。

　　"一定要早点回来看我们。"拉尔夫说道，他也拥抱了她，"你什么时候想回来，就回来，我们会很开心见到你的。"

　　克拉立在波莉的肩头，她开始动身回家。华生和霍奇把他们送到野熊丛林的边缘，一路上，一直交谈着。他们决定和波莉说再会，而不是再见，因为这意味着他们会很快再见面的。

　　"你会过来参加盛大首映仪式吗？"华生问。

　　"绝对不会错过的！" 波莉说。

　　轮到克拉和他们说再见了。

　　"哑！哑！哑！"他叫道。

　　"哑！哑！哑！哑！"华生和霍奇一起叫道。

　　两头野熊站在丛林边缘目送着波莉和克拉回去，一直和他们招手，直到他们消失在自己的视线里。

第32章

当他们爬过小山，进入小镇时，波莉看到有人朝他们走来。

"斯坦！"波莉大叫道，扑入他的怀中。

"斯坦！斯坦！"克拉哑哑地叫道。

"谢天谢地！"斯坦说，"感谢上苍你安全回来了！"

"我很好！"波莉大声说，"一切都很好！"

斯坦把她拉到一臂远的距离，上上下下仔细打量着她。

"您看到我没事儿吧？"波莉说。

"我看到你安然无恙。"斯坦说，咧嘴笑着。波莉大笑着，抓住了他的胳膊："我有很多话要和您说！"

波莉告诉斯坦她的冒险经历。"这个结局太美妙了！"当波莉讲述完故事之后，斯坦说道，"我简直不敢相信！再也没有斯内尔夫妇了！"

"但是，这不是故事的结局。"波莉说。

"不是吗？"斯坦问。

"当然不是了！"波莉回复道，现在她发现自己很难说话，因为自己笑得太多了。

斯坦看着她，问道："那是什么结局呢？"

波莉努力收住笑容。"斯内尔先生……"波莉停顿了一下，接着又咧嘴笑了，"斯内尔先生说想把动物园给你！"她一口气说完了话。

"我？"斯坦小声说。

"对的！"波莉说道。

她抓住斯坦的双手，和他一起转起了圈圈。他们在路上跳来跳去。

斯坦停了下来："波莉，你确定你没有做梦吗？"

波莉直视着斯坦的眼睛，他们之间的距离相当近，鼻子几乎要碰到一起了。

"斯坦，这不是个梦。"她说，"一切都是真的，斯内尔夫妇将和野熊们生活在一起！野熊是我们的朋友，动物园属于你了！"

斯坦坐在路边，他取出了手帕，擦自己的鼻子。波莉坐在他旁边，他们在那里待了好一会儿，才动身出发。

第 33 章

他们抵达阿布维尔市的时候，天色已黑。斯坦和波莉制订了成千上万个计划。

"我们可以为其中的一些动物种植蔬菜。"波莉说。

"我们可以把布布的攀爬架给猴子。"斯坦说。

"我们又可以给企鹅喂食真正的鱼了！"波莉说。

他们制订了很多经营动物园的计划，但是最

令他们兴奋的是告诉大家关于野熊的真相。

消息在小镇里逐步传播着，人们不知道是否该相信它，于是斯坦在小镇的大厅里举办了一场会议，波莉站在讲台上，把整个故事又重讲了一遍。

所有人都带着敬畏的神情听着这个故事。她讲完之后，大厅里爆发了雷鸣般的掌声。人们热烈地欢呼着，即使在野熊丛林也可以听到这样的欢呼声。

人们在担忧和恐惧之中生活了这么长时间——现在一切都结束了！现在是欢乐和庆祝，听音乐和舞蹈的时刻。等待着人们的只有美好的事情——新的自由、新的视野……可能新的朋友！

人们所做的第一件事就是拆掉环绕在阿布维尔小镇周围的围墙。

与此同时，动物园被翻修了。所有人都很高兴斯内尔夫妇离开了。斯内尔夫妇把这个动物园变成了一个可耻的地方。由斯坦出谋划策，阿布维尔的每个家庭都资助一种不同的动物。波莉的父母

选择资助野猪，在意大利野猪的名字叫
"cinghiale"，意大利是帕可尼诺
先生的老家。他们的邻居，喜
欢来自澳大利亚的一切，
就选择资助袋鼠，还有一
位邻居选择资助瞪羚。每个家庭都选择了一个对
于他们有特殊意义的动物
（甚至蛇也找到了关心他
们的人）。他们帮助这
些动物准备食物，让他们
拥有充足
的睡眠，对他们的住所进行
了修缮。

很快，欢乐时光动物
园成了一个名副其实的动
物园，每种动物都开心地生活在
那里。

第 34 章

　　波莉、斯坦和克拉比平时更加忙碌了，但是几周之后，他们抽出了一点时间到访野熊丛林，来观看展览斯内尔夫妇的盛大首映仪式，他们受到了野熊们的热烈接待。布布和克拉特别高兴可以再见到对方。波莉把斯坦介绍给每头野熊，他们向他打着招呼，仿佛他是一位值得信赖的老朋友。

　　展览斯内尔夫妇的围场修建在一片很大的空地上。围场周围都是高大的围墙，用狭长的树干巧妙地建造而成，环绕围场的底部搭建了一个环

形的看台。柱子上钉着一个粗糙的标牌。波莉猜测这又是拉尔夫"最好的字迹"。

"我可以告诉你，上面写着'人类：斯内尔夫妇'。"拉尔夫微笑道。

"我知道。"波莉咧嘴笑着。

在围场外面，野熊们排了长长的一行队——大概有成百上千头野熊——他们都来自附近几英里的地方。拉尔夫站在通向看台的台阶上，在那里的两棵树之间挂着一条丝带，他举起了手臂，熊群安静了下来。

"欢迎！热烈欢迎大家的到来！"他咆哮
道，"感谢大家的光临！你们不会失望的！我们
很骄傲也很开心展览斯内尔夫妇的围场正式献
映！"

他敏捷地用一只尖利的手爪剪断了丝带，波
莉、斯坦以及所有的野熊都爬上了看台，朝下看
去。波莉倒抽了一口冷气。她看到底下是一座精

致的花园，里面长着美丽的树木和花卉，花园中间还有一个波光粼粼的小湖。这个围场要比动物园里布布的围场好看得多！野熊们对待斯内尔夫妇真的是出乎意料的友善！

接着，斯内尔夫妇从树丛中探出头来，站在了湖边。他们开始"表演"了。斯内尔夫人做着潜水运动并在岸边旋转，斯内尔先生则做着更复杂的运动，他先是原地奔跑着，最后腹部先着水，跳入了湖中，引得周围的野熊哈哈大笑。普迪乌一开始在一棵大蕨类植物下熟睡，突然尖叫着醒来，全身的毛发都竖起来，跃向了空中。看到这一切，这些野熊都非常开心。

"波莉，感谢你，这次展览非常成功！"拉尔夫说，"现在斯内尔夫妇已经接受了这个主意，按照我们的命令行事，他们努力地练习游泳，我觉得他们一直努力使我们开心。你会发现他们变了！"

　　随后，她看到了斯内尔夫妇。波莉不得不承认，他们看起来的确改变了很多。斯内尔夫人甚至为自己过去丑陋的言行向波莉和斯坦道歉，不仅如此，她还对他们表示感谢——尤其是波莉，她告诉波莉这辈子她第一次体会到什么是满足。

　　"野熊们……真的很友善。"斯内尔夫人吸了吸鼻子，"他们真的很爱我，你知道吗？我……我想让他们开心。"

　　"我真的很高兴，斯内尔夫人。"波莉说。

　　"波莉，等等，叫我德洛丽丝。"斯内尔夫

 232

人说。

但是波莉怎么都叫不出来。

当晚，在波莉和斯坦离开野熊丛林之前，他们和野熊制订了更多访问的计划。

"我想带上我的父母来。"波莉说。

"我想带上整个街区的人来！"斯坦说，"实际上，我觉得整个阿布维尔的人都愿意过来！"

"我们很开心。"拉尔夫说，"人越多，越开心。"

"人越多，越开心！"霍奇和华生附和道。

"你们有想过来拜访我们吗？"波莉问。

"我们可以吗？"格丽塔问。

"当然！"波莉说，"那就太好了！"

"如果是这样的话，我们一定会拜访你们。"拉尔夫说。

从这天起，野熊丛林中的野熊和阿布维尔市的人们成了好朋友和好邻居。阿布维尔市成为周围几英里之内最快乐的地方之一。有时候，人们会谈起过去在营救熊崽之前的那些"糟糕的日子"，但是现在的小孩再也不会带着对野熊的恐惧长大，野熊成为他们的朋友。

所以，如果你看到一个女孩弯下腰把手指深入水中，营救一只即将淹死的苍蝇，请对她格外地注意。她就是一位拯救者，也许刚开始，她会

营救一些甲虫和蝴蝶，甚至乌鸦，但是终有一天……你永远都不会知道……她可能会营救整个小镇的人们。

动物唤醒爱和智慧

戴紫袅（青年作家、画家，中国作家协会会员）

　　可爱的女孩波莉有一项神秘的天赋：能和动物交谈。从马六甲海峡到印度洋，再到黑海和大西洋沿岸的民间传说里，这是很宝贵的技能，不论一国之君，还是清贫的牧羊人，因为听懂动物的窃窃私语，知晓了重要信息，收获了财富和智慧。近现代的文学作品中还有位神医杜立德，逐一学习百兽的语言，为它们定制专属的治疗方案。

相形之下，波莉只是个普通的小学生，棕发棕眼，学习平平，她的姓氏"帕可尼诺"（Pecorino）是一种绵羊奶做成的意大利干奶酪，她爸妈在另一个小镇上开餐厅，追求品质，除了外购食材和调味品，还会自己种植一些作物，菜肴味道想必不错，做的是细水长流的生意。这样的家庭环境里成长的波莉，务实、独立，有担当。波莉爱救助小生灵，甚至是不太讨喜的长脚蜘蛛。乌鸦克拉摔倒，波莉并不嫌弃它满身泥泞，还用自己的毛衣给它保暖。英国人喜欢渡鸦（像大一号的乌鸦），伦敦塔上的渡鸦至今依旧是旅游亮点，大文豪狄更斯也先后养过几只渡鸦做宠物。小巧的乌鸦则更适合孩子，克拉成了波莉的得力助手，帮她侦察周边环境。波莉有着非凡的爱心和毅力，也注定会有非凡的冒险经历。

《拯救小熊的波莉》情节生动有趣，好似一颗美味的爆米花，有温情的甜蜜，有冷汗和泪水的咸涩，有悬疑紧绷的脆，也有虚惊一场后的酥软。插图由作者艾玛·奇切斯特·克拉克亲自绘制，这位顶级学府毕业的插画家的绘本代表作"蓝袋鼠系列"在全球畅销二十余年。她似乎偏爱波莉这样的女孩形象，短头发、翘鼻子、友善的眼睛，质朴童真。与情节相辅相成的构图和细节赋予了本书动画大片般的质感。波莉的小镇第一次出场，绿树镇边合，青山郭外斜，搭配优美的文字描写，俨然世外桃源。野熊凶残的传说让读者的心和波莉一样高悬，紧接着，作者给了小镇的防护墙一个大大的特写，铁门上华丽的雕花难掩阴森，墙外栽种的一圈树好似守卫。小说的尾声呈现了返璞归真的诗意，有幅图里，波莉和熊王拉尔夫在长椅上促膝谈心，克拉站在扶手上，拉尔夫那么高大，波莉需要仰头看它，氛围却是轻松平等的，头顶上的垂柳似乎在微风里轻轻地舞动。

　　小说不乏对人性的深刻思考。大局观需要从小培养，孩子应当如何对家乡尽责？动物园因为新主人斯内尔夫人的急功近利，陷入恶性循环，波莉做着力所能及的义工，发挥语言天赋，倾听动物的喜怒哀乐，用零花钱给它们买药品和维生素。当斯内尔夫人为了制造热点，抓来野熊的幼崽布布在动物园里展览，波莉关爱小熊，心系小镇的安危，主动承担起了更重的责任，走向更广阔的天地。小熊的名字"布布"（Booboo），在孩子的语言里有"错误"的意思。老牌动画片《瑜伽熊》（Yogi Bear）里也有一只小熊叫布布，爱提醒别人哪里做错了。本书的小熊布布，是斯内尔夫人错误的受害者，波莉纠偏反正，勇敢地踏入野熊森林，护送它回家。小镇居民还犯了一个错误：曲解了野熊，波莉在森林深处见证了野熊的礼貌、勤劳、宽容，终于消除了偏见，促进人与自然和谐共处。

作者也对当下的流量经济进行了反思。布布仿佛化身为网络直播的王牌主播，激动的游客竞相送上厚礼，除了电脑、电视、蹦床，还有一个温蒂屋（Wendy House），是《彼得潘》里男孩们给温蒂造的那种小屋，呼应了本书现实主题里的童话色彩。布布每天都期待着新的礼物，动物园关门时，游客带着孩子离开，它会想家，伤心焦虑，只有波莉和克拉安慰它。斯内尔夫人掌握了流量密码，但她的成功来自对布布的残酷剥削，是不可取的。孩子不应该在流量中迷失，要保持善意和定力，训练理性思维，学会分辨事实和观点。

本书对于反派人物，也有丰满传神的刻画。斯内尔夫妇的姓氏（Snell）在苏格兰方言里，常常形容刺骨寒风，他俩接管"欢乐时光动物园"，好比妒花风雨摧残了美景。斯内尔夫人并非十恶不赦，她本是餐厅服务员，因善意举动，和斯内尔先生相识，她的缺点是贪慕虚荣，好逸恶劳，梦想着财富自由，逍遥自在。她经营动物园唯利是图，罔顾动物基本的福利，违背了人道主义精神。斯内尔先生软弱颓唐，比妻子更容易沟通，他非常爱自己的猫。猫名叫"普迪乌"（Poody Woo），按照时下流行语来说就是"吸猫"的意思。斯内尔先生迷恋猫，野熊们对它仰慕纵容，也是当下宠猫文化的一个缩影吧。

诺贝尔文学奖获得者、法国作家法郎士曾经说过：一个人若没爱过动物，灵魂就有一部分尚未觉醒。斯内尔夫妇的区别可能就源于此，他俩最后被野熊暂时留在了森林里，接受改造教育，令人想起《随风而来的玛丽阿姨》里的夜间动物园，动物翻身做主人，闭园后逗留的人类——不管是奶娃娃还是老绅士，一律关进笼子，由动物给他们投食，还有猴子把绅士当马骑。人兽反转饱含辛辣的讽刺，但过于夸张，不太适合孩子阅读。本书中，野熊的惩戒，竟让斯内尔夫妇实现了梦想，也教会他们，无需来路不正的金钱，只要内心平和，行为踏实，话语诚恳，对自然充满尊敬，就能获得真实的快乐。这是对拜金主义有力的讽刺和回击，延续了全书一贯的幽默和人情味。

图书在版编目（CIP）数据

拯救小熊的波莉 /（英）艾玛·奇切斯特·克拉克著绘；冯萍译 . — 长沙：湖南少年儿童出版社，2024.4

（全球儿童文学典藏书系 . 国际获奖作品系列）

ISBN 978-7-5562-7445-1

Ⅰ . ①拯… Ⅱ . ①艾… ②冯… Ⅲ . ①儿童小说—中篇小说—英国—现代 Ⅳ . ① I561.84

中国国家版本馆 CIP 数据核字（2024）第 008665 号

ZHENGJIU XIAOXIONG DE BOLI

拯救小熊的波莉

总 策 划：胡隽宓　　　　　　　　**责任编辑：**畅　然　叶欣平（实习）

装帧设计：陈　筠　邓茜熙（实习）　**质量总监：**阳　梅

出 版 人：刘星保

出版发行：湖南少年儿童出版社

地　　址：湖南省长沙市晚报大道 89 号

邮　　编：410016

电　　话：0731-82196340（销售部）

经　　销：新华书店

常年法律顾问：湖南崇民律师事务所　柳成柱律师

印　　刷：湖南立信彩印有限公司

开　　本：880 mm×1230 mm　1/32

印　　张：8

字　　数：103 千字　　　　　　　**书　　号：**ISBN 978-7-5562-7445-1

版　　次：2024 年 4 月第 1 版　　　**印　　次：**2024 年 4 月第 1 次印刷

定　　价：32.00 元

版权所有　侵权必究

　　质量服务承诺：若发现缺页、错页、倒装等印装质量问题，可直接向本社调换。